KB274951

부엌데기 사랑

조양희

부엌데기 사랑

'도시락 편지' 의 작가가 · 사는게 고달픈 아내들에게 바치는 책!

도서출판 사람과사람

'도시락 편지'의 작가 조양희가
사는게 고달픈 아내들에게 바치는 책
부엌데기 사랑

제1쇄 발행 1996년 8월30일
제2쇄 발행 1996년 9월15일

지은이 • 조양희
펴낸이 • 김성호
표지장정 • 표현디자인
출력 • 한글터
인쇄 • 정문사
제본 • 민중문화사

펴낸곳 • 도서출판 사람과 사람
주소 • 서울시 마포구 대흥동 801-4(2층)
전화 • (02)702-1874~5
팩스 • (02)702-1876
등록 • 1991년 5월 29일 제1-1224호

값 6,800원

ISBN 89-85541-12-9 03810
ⓒ 조양희, 1996. Printed in Korea

판권 본사소유/잘못된 책은 바꿔 드립니다.

이 책을 읽는 이에게

스스로 선택한 결혼 성소(聖召)에 대하여 나 역시 회의를 느낄 때가 있다. 이 길은 나를 완전히 버리라고 요구하고 있기 때문이다. 안방에 있을 때면 외톨이가 되어 무척 고독하지만 부엌으로 돌아오면 비로소 나 자신을 쪼갤 수가 있다. 부엌은 진정한 나의 쉼터이고 내가 있어야 할 바로 그 자리이다.

남편과 아이들을 내보내고 돌아서 다시 부엌으로 들어오면 마음이 편안해지며 안정감이 느껴진다. 그래서 하루의 대부분을 부엌에서 지낸다.

필요한 도구들을 부엌으로 옮겨 놓았다. 안방에 있던 화장대와 오디오를 부엌으로 가지고 와 음악을 들으며 글을 쓴다. 꾸벅꾸벅 졸다가도 부엌을 껴안고 쪽잠을 잔다. 음악을 들으며 화장을 한다. 촛불 켜고 기도하다가 나물 무치고 생선을 굽는다.

파꽃을 물컵에다 꽂으며 부엌을 등에 업고는 글을 쓴다. 허드렛일을 잊지 않기 위해 적어둔 메모지가 덕지덕지 붙어 있는 나의 부엌은 정겹고 수수하다. 보글거리며 끓는 찌게 소리를 들으며 글을 쓰지만 원고지에서는 겨우 피라미같은 소박한 언어 하나를 주워올린다.

이곳에 앉으면 세상 모든 일에 주의 깊게 귀기울일 수 있다. 부엌은 추억을 보듬고 꿈을 캐는 나의 카페요, 소극장이며 헬스 클럽이요, 맑은 수평선이 보이는 바다이다. 또 호텔의 로비이고 세 평도 안되는 유일한 운동장이다. 여기에 바로 우리의 우주가 담겨 있다. 남편과의 은밀한 대화나 아이들의 어리광도 이곳에서는 더욱 빛난다. 사춘기 아이의 성교육도 이곳에서 시키고 날마다 아이들에게 사랑을 전하는 '도시락 편지'도 이곳에서 엎드려 쓴다.

나에게 있어 부엌은 세끼 식사를 준비하고 순한 차를 끓여내는 만남의 장터이며 내 가족의 삶을 계획하는 작업실이다.

우리집 부엌은 남편과 함께 어우러질 수 있는 곳이다. 간혹 남편과 함께 다른 집에 초대받아 가게 되면 남편은 응접실로, 나는 부엌으로 가 각자의 공간으로 빠져든다. 이렇게 되면 우린 서로 잘 아는 사이인데도 친구가 아닌, 완벽한 여자와 남자로 갈라서고 만다. 부엌은 주부만의 일터가 아닌 가족 모두의 대화와 사랑이 있는 보금자리여야 한다.

탈없는 가정의 영광 뒤에는 부서지고 으깨어진 주부의 값진 희생이 숨겨져 있다. 한 가정이 무사한 까닭은 부엌데기의 고된 마음이 저리도록 녹아 있다.

덧붙이는 '이야기가 담긴 어린이 간식 15가지'는
어린이가 즐겨 먹을 수 있는 신토불이 음식을 이야기
와 곁들여 소개했다.

냉장고에 넣어두고 깜빡 잊혀졌던 과일이나, 곡식,
야채들을 이용한 간식들은 별미여서 가족들로부터
환영받는다. 쌀겨쿠키를 온 가족이 둘러앉아 만들다
보면 가족간의 온정도 함께 익어 간다. 이 간식들은
2년 전부터 '꼼바이 꼼'에 연재된 간식 중에서 간추
린 것이다.

조 양 희가 드립니다

차 례

첫째 이야기
파꽃같은 아내

파꽃같은 아내

남편은 나를 '파꽃같은 아내'라 부른다.
파는 줄기부터 뿌리까지
어느 것 하나 버릴 게 없기 때문에
나와 꼭 어울린다는 이야기다.
이왕이면 장미꽃에 비유하지 않았다고
서운했던 마음이 그제서야 슬그머니 가라앉는다.

세 아이는 '기쁨, 희망, 사랑'

　　내게는 아이가 셋이 있다. 첫 아이의 이름은 '기쁨', 둘째는 '희망', 그리고 막내는 '사랑'이다. 큰애는 손가락과 발가락이 열 개씩 정상적인 아기를 낳았다는 기쁨 때문에 '기쁨'이 되었다. 태어나자마자 병약하게 보인 둘째는 오로지 건강하게만 자라나기를 희망해서 '희망'이라 했는데, 지금은 건강해졌고 장차 신부가 되는 게 꿈이라고 하니 나로서는 희망이 제곱이 된 셈이다.

　　나를 주책없는 사랑의 포로로 만든 아이가 셋째이다. 그 애는 뜻하지 않게 하느님이 주신 선물이기도 하다.

　　그런데 '기쁨, 희망, 사랑'의 세 아이가 자라면서 기쁨과 희망과 사랑만을 주지는 않았다. 첫째 '기쁨'은 나를 우울하게 하고, 둘째 '희망'은 실망을 안겨 주며, 막내는 사랑하는 마음을 주춤하게 하기도 한다.

　　첫째는 곧잘 용돈을 올려 달라고 떼를 쓴다. 계집애인 만큼 앞머리를 이렇게 할까 저렇게 할까 외모에 무척 신경을 쓴다. 둘째는 사내 녀석인데도 밖에 나가 놀 생각을 하지 않는다. 방구석에 틀어박혀 오락을 하거나 만화책을 보는 게 고작이다. 용돈만 생기면 오락 프로그램이나 만화책을 사 오는 게 일과이다.

셋째는 눈만 뜨면 트집을 부린다. 무조건 귀엽게만 보아 온 엄마 때문이니 애만을 탓할 일도 아니다.

생각해 보면, 첫째가 내게 기쁨만을 주지 못한 것은 물건에 대한 애착심 때문이다. 언젠가 사고 싶은 물건을 적어 보라고 했더니 무려 백 가지가 넘는다. 텔레비전에서 광고하는 모든 것을 갖고 싶고 먹고 싶다는 것이다.

둘째에게 오락 게임을 즐기는 이유를 묻자, 게임을 하는 동안 못된 놈들을 다 이길 수 있어서 좋다고 대답한다. 성적이 자기보다 우수하거나 힘이 센 친구를 이길 수 있는 게 바로 오락의 쾌감이라는 이야기이다. 막내도 나름대로 이유가 있다. 엄마만 보면 저절로 혀가 꼬부라지는 이유는 짜증을 부려도 엄마가 귀엽게 받아 주고 무조건 보듬어 안아 주기 때문이다.

세 아이가 태어났을 때는 '기쁨, 희망, 사랑'이었는데 엄마의 울타리 안에서 커 가는 동안 이렇듯 달라졌다. 물건에 대한 애착심, 현실을 잊어버리게 하는 오락 게임, 과잉 사랑이 가져온 나쁜 버릇이 나로 하여금 주눅들게 한다. 하지만 세 아이는 나에게는 여전히 기쁨이요 희망이며 사랑으로, 내 삶의 전부이다.

파꽃 아내, 파꽃 사랑

　　남편은 나를 '파꽃같은 아내'라고 부른다. 파 줄기는
물론이고 뿌리까지 음식에 골고루 쓰여 하나도 버릴 것이 없기 때문
에 나와 어울린다는 이야기이다. 처음 '파꽃같은 아내'라고 했을 때,
이왕이면 장미꽃에 비유하지 않은 남편이 밉고 서운했지만, 그 설명
을 듣고 나서는 마음이 한결 편안해졌다. 나는 음식을 만드는데 파를
가장 많이 쓴다. 그래서일까, 남편의 말을 '늘 푸르고 싱그럽다'는 뜻
으로 받아들이고 있다.

　　며칠 전, 오랜만에 한가한 아침을 맞아 가락동 야채 시장으로 달려
갔다. 동네와는 비교가 안될 정도로 파단이 크고 싱싱해서 한 아름
사 안고는 콧노래를 부르며 돌아왔다.

　　화분에다 묻어 두고 파국을 끓이기 위해 신명나게 다듬고 있는데,
싱그러운 초록의 줄기 사이로 수수하고 덤덤한 파꽃이 보였다. 파 줄
기와 파꽃 사이의 골을 마치 초록의 머플러로 두른 듯 물항라 빛의
담백한 파꽃이 숨어 있었다.

머리를 맞댄 꽃술은 키재기라도 하는지 옹기종기 모여 있고, 미처 꽃을 피우지 않은 꽃봉오리는 투명한 주머니가 꽃술을 싸고 있는 모양이 참으로 진귀해 보였다. '겸손의 옷'을 입은 채 줄기에 숨어서 꽃병에 꽂히면 다행이고 아니어도 그만이라는 모습이었다.

나는 왠지 파꽃을 병에 담아 두는 날이면 마음이 차분하게 가라앉는다. 오색의 화려한 빛깔로 사람들로부터 사랑을 한 몸에 받는 꽃보다 파꽃이 주는 잔잔한 분위기가 더 깊고 그윽한 탓일까.

파꽃은 사람들이 꽃으로 알아주거나 말거나 침묵을 지키면서 자신의 일에 충실하다. 그러나 사람들이 칼로 자를 때에는 언제 부드러웠냐는 듯이 매운 맛을 톡 쏘아 눈물을 자아내게 한다. '너 따위도 꽃이냐'고 질시 받던 서러움을 드러내는 것 같다.

그래서일까, 파를 넣지 않은 음식은 맛이 없을 것 같다. 담백한 장국에 파를 송송 썰어 넣으면 감기 열에도 좋다고 한다.

친정집 뜨락의 우물 곁에 큼지막한 화분에다가 대파를 심어 놓고

식사 때마다 파를 잘라 먹던 기억이 새롭다. "맛도 안 나는 파를 왜 음식마다 넣어요?" 라고 묻는 내게 어머니는 "파는 비염이나 감기 예방까지 해주는 가정의 보약이라카이" 했다.
나는 그 말이 새로워서 베란다 화분에다가 파를 묻어 놓고는 음식을 할 때마다 파를 곁들였다.

내가 파국을 끓이는 날은 정해져 있다. 창밖의 기온이 뚝 떨어진 날, 바람이 야단스레 불어 앙상한 가지에 서너 개 남은 단풍잎들이 떨어져 나뒹구는 날, 장대 같은 비가 창을 시끄럽게 두드리면 어김없이 파국을 끓인다.

연애 시절에 나는 남편과 모처럼 경관이 좋고 음식도 깔끔한 곳을 찾아갔다. 먹는 소리나 숨쉬는 소리조차 정답게 다가오던 시절이었다. 백열등 아래에서 클래식 음악이 감미롭게 흐르는 가운데 온갖 멋과 폼을 다 잡으면서 식사를 했다.

그 때 갑자기, 남편이 캑캑거리기 시작했다. 그날 메뉴에는 생선도 없었는데, 그는 눈물까지 흘리며 '캑! 캑!' 댔다. 깜짝 놀란 나에게 그는 "목에 파가 걸려서 떨어지지 않아. 파가…" 하는 것이었다. 아니, 내가 가장 좋아하는 파가 좋아하는 남자의 목에 걸리다니….

결국 그는 안 떨어지는 '파같은 여자'와 결혼했다.

하지만 지금은 엄청나게 달라졌다. 음식을 보면 무조건 파부터 건져 먹는다. 무슨 음식이든 먼저 파를 건져 먹는다. 집에서 육개장이나 파국을 끓이는 날이면 코를 벌름거리면서 입맛을 돋구는 시늉을 한다. 장미 여인보다 '파꽃 같은 아내'를 사랑한다면서 나날이 굵어져 가는 내 허리를 휘감곤 한다.

결혼식에 홀로 고개 숙인 신부

　　44년 전에 찍은 부모님 사진을 우연히 발견한 적이 있었다. 젊은 남녀가 새장을 가운데 두고 행복하게 웃고 있는 모습이었다. 이미 고인이 된 아버지의 사진인지라 오랫동안 간직하고자 사진관을 찾아갔다. 새로 촬영하여 다섯 장을 만들었는데, 멀리 있는 여동생에게도 한 장 건네주었다.

　요즘 나는 옛 사진들을 새로 만들어 주인공들에게 돌려주곤 한다. 얼마 전에는 6·25 무렵에 찍은 아버지의 친구 사진을 발견했는데, 사진 뒷면에는 아버지가 몇 자를 적어 놓았다.

　'친구의 행복한 모습을 찍다'

　초가집 툇마루에 걸터앉은 아이는 다섯 살쯤 되어 보였고 그 옆에는 아름답게 멋을 낸 젊은 부인이 있었다.

　그런데 얼마 전에 이 사진 속의 주인공을 우연히 동창 모임에서 만났다. 나는 그 선배 언니에게 새 사진으로 만든 옛 사진을 건네주었다. 그러자 그녀의 표정에서 다섯 살의 어린 시절로 달려가고 있음을 느낄 수 있었다. 그녀는 6·25 때 피난 가서 친척집 과수원에서 나의 아버지와 함께 놀았다는 이야기까지 들려주었다.

사진을 보면 옛 추억이 되살아나는 법이다.

우리 집 현관에는 결혼할 때 찍은 내 사진이 걸려 있다. 고개를 비스듬하게 숙이고 힘없이 앉아 있는 사진인데, 내가 눈치채지 못한 탓인지 무척 자연스런 모습을 담고 있다. 하지만 웨딩 드레스를 입은 행복한 날인데도, 신부답지 않게 시무룩하다.

나의 얼굴 표정이 밝지 못한 이유는 간단하다.

결혼 하루 전, 과음을 한 남편이 주민등록증을 잃어버려 제주도로 신혼여행을 갈 수 없게 되었기 때문이다. 가족과 친지들이 모인 결혼식장인지라 화를 내지는 못하고 그저 씁쓸한 표정으로 땅바닥만 내려다 보고 있었다. 아내의 자리에서 처음 당하는 일이라서 그 씁쓸함은 쉽게 지워지지 않았다.

그 사진을 쳐다볼 때마다 큰소리로 맹세한 결혼 서약이 되새겨진다. 전혀 성격이 다른 남남이 만나 한 처마에서 살자니 얼마나 부딪히는 일이 많을까. 20년 가까이 남편과 살아오는 동안 각이 졌던 부분들이 이젠 무척이나 동글동글해졌다.

서로 가장 잘 알고 있다고 생각해서 결혼했는데, 결혼하는 순간부터 다시 하나하나 알아야 했으니 티격태격 한 게 한두 번이 아니었다. 기대하지 않은 뜻밖의 기쁨을 맛보기도 했고 예상을 훨씬 넘어서는 실망과 좌절을 체험하기도 했다.

기쁜 일이 생겨 희망을 꿈꾸기도 했다.

물론 절망에 가까운 날도 없지 않았다. 하지만 어떤 경우에도 그

절망에서 희망을 발견하려고 애썼다.

돌이켜 보면, 희망은 좌절하고 있을 때 나도 모르게 내 곁에 살짝 다가와 기다리고 있었던 것 같다. 피곤할 때는 안락함에 감사하고, 모자랄 때는 풍요로움에 겸허하도록 타이르는 은총의 시기였던 것이다.

'웨딩 드레스를 입고 홀로 고개 숙인 여자'

나는 많은 사진 중에서 이 사진을 가장 아낀다.

한 남자의 아내로서 처음 맛보는 환희와 쓸쓸함이 엇갈리는 순간을 담고 있는 사진이기에 더욱 애착이 가는지 모르겠다. 어쩌면 나의 결혼 생활에 즐거움과 슬픔이 함께 있음을 예고해 주는 선물이었음을 살아오면서 깨달았기 때문일 것이다. 그러고 보면 사진이란 게 미래를 말해 주는 메시지가 아닐까 싶다.

부부 싸움하고 촛불 켜고

잠자리에서 눈을 뜨자마자 촛불을 켜 본다. 방안을 서성이면서 타오르는 불빛과 마주칠 때면 마음의 갈 곳이 정해지는 것 같다. 비록 촛불이지만 그 불빛을 바라보면 걱정거리가 사라지고 부질없는 집착 또한 함께 타 버린다.

때로는 부엌에 촛불을 켜 놓기도 한다. 사람들이 찾아와도 그대로 놔둔다. 남자이건 여자이건, 그들 역시 촛불을 보면 매우 좋아한다. 촛불 밑에서 이야기를 나눌 때, 대화는 한결 순수해지고 마음과 마음이 만나는 것을 느낄 수 있다.

그런데 이렇듯 평소 잘 켜 놓던 촛불을 제사를 지낼 때 왜 잊어버리는지 모르겠다. 아마도 제사상에 촛불을 켜 놓는 일은 남편이 해왔기 때문이 아닐까. 하지만 돌아가신 분에게 무심한 탓인 양 생각되어 뒤늦게나마 미안한 마음을 감추지 못한다.

제사상에 놓는 초는 새것이어야 한다고 한다. 한 번 사용한 초를 다시 써서는 안된다는 것이다. 그래서일까, 우리집엔 새것이나 다름

없는 초가 굉장히 많다.

지난 번, 제사를 지낼 때에는 모아 둔 초 중에서 깨끗한 것을 두 개 골라 그을린 부분을 칼로 도려내고 제사상에 올려 놓았다.

아무도 모르게 했는데, 남편은 용케도 알아본다. 제사상에는 한 번 사용했던 초를 다시 사용해서는 안된다는 가르침을 또 한 번 되풀이 했다. 격식보다는 정성이 중요하다고 우겼으나 굳이 안된다고 고집하는 남편을 꺾지는 못했다.

몇 달 후, 친정 아버지 제사 날이었다. 어머니는 정성이 문제이니 지난 번 쓰던 초를 깨끗이 깎아서 다시 사용하자고 했다. 그때 나는 안된다고 우겼다. 시댁이 했던 것처럼, 아버지 제사상에도 새 촛불을 밝히고 싶었다.

"아버님 제사 때엔 내가 초를 사 왔으니 이번엔 당신이 좀 사다 줄래요?"

"뭐가 어째서 그래. 그냥 사용하지. 정성인데, 보기에 좋은 걸."

결국 나는 집으로 돌아오는 차안에서 남편과 다투고 말았다. 잘잘 못을 가려내려고 예민하게 신경을 곤두세우다 보니 심신이 지쳤다. 부부는 사소한 일에도 크게 싸운다더니, 바로 우리 부부를 두고 하는 말이다.

사실 가장 사이가 좋아야 할 부부들이 가장 많이 싸운다. 그 싸움 덕분에 부부는 서로의 숨은 성격을 이해할 수 있고, 자녀들이 있는 울타리를 지켜 가고 있는 모양이다.

언젠가 집안에서 일을 하다가 발목 위에 물건이 떨어져서 다친 적이 있었다. 남편은 물파스를 발라야 한다고 했고, 나는 물파스란 벌레 물린 데 바르는 것이라고 우기다가 끝내 싸우고 말았다.

  식탁에서도 예외가 아니다. 남편은 곧잘 자기 수저를 놔두고 내 수저로 밥을 먹는다. '왜 남의 수저로 밥을 먹느냐'고 따지면, '배가 고픈데 대충 먹고, 여유가 있을 때 자기의 것을 찾자'고 한다. 그래서 한바탕 말씨름을 벌인다.

  아이들이 손톱이나 발톱을 깎는 일을 두고도 다툰다. 손톱이나 발톱은 반드시 화장실에서만 깎도록 아이들에게 주의를 주라는 남편의 의견에 나는 토를 달곤 한다.

  아이들이 자기 손톱, 발톱을 깎는 것만도 고마운 일인데, '여기서 해라, 저기서 해라' 잔소리를 하기 싫다는 게 내 이유였다. 그러면 남편은 다시 말싸움을 걸어온다. 애들에게는 너그러우면서 남편에게만 철저한 이유가 뭐냐는 것이다.

  이밖에도 다툴 소재 거리는 수없이 많다.

  아이들이 방학하여 온 식구가 즐거운 마음으로 나들이를 갈 때면, '이 길로 가자, 저 길로 가자'고 다투고, 외식하러 식당에 들어서서는 메뉴를 고르면서 다툰다. 나는 고기가 싫다고 하고, 남편과 아이들은 고기를 구워 먹자고 한다. 결국 나는 밥을 물에 말아서 간장을 반찬 삼아 먹고 만다.

　내 머리를 내가 자르는 데도 남편은 자기에게 한마디 묻지도 않은 채 잘 랐다면서 타박하기 일쑤다. 남편이 낯선 여자로 보인다고 눈꼬리를 치켜 뜨 면 나 또한 기를 쓰고 대든다.
　'내가 당신의 노예냐?' '머리 자르는데 보태 준 거 있느냐?'고 말이다. 그 러다가 남편의 목소리가 부드러워지면 나 또한 수그러져 촛불을 켜고는 아 무 일도 없는 듯 지낸다.

　아이들이 "우리보고 사이좋게 지내라 해 놓고 아빠 엄마가 더 싸운 다"고 놀려도, 우리는 부끄러운 줄 모르고 서로 잘났다고 해명하는 말을 늘어놓기 바쁘다.
　언제나 싸우지 않는 다정한 부부가 될까.
　어머니는 한숨 짓는 내게 "그게 다들 젊어서들 그래!" 한 말씀뿐이 다. 늙으면 숨차고 힘들어서 대들고 싶어도 수그러들게 된다는 이야 기이다. 과연 부부 싸움은 사랑을 가져야만 할 수 있는 젊음의 상징 일까.

여자와 북어가 닮은 점

어렸을 적에 내가 살던 집에는 마당 한 가운데 수도가 있었다. 통행금지 시간이 가까워지면서 아버지가 곤드레만드레 만취되어 돌아온 다음날이면 어머니는 어김없이 이른 아침부터 수돗가에서 방망이로 통북어를 패댔다. 대가리도 팼고 몸통도 이리저리 들춰가며 두들겼다.

어머니는 "북어는 두들겨야 제 맛이 난다"면서 얼굴을 찡그린 채 쪼그리고 앉아 구경하는 내게 말해 주곤 했다. 그리고는 어른이 되면, 왜 여자와 북어는 맞아야 제 맛이 나는지 알게 될 거라고 덧붙였다.

어른이 된 지금도 이해가 되지 않는 것은 바로 '맞아야 제 맛이 난다'는 말이다. '여자와 북어는 맞아야 제 맛이 난다' 라는 표현을 쓰기보다는 '여자는 북어처럼 맞으며 산다'는 말이 더 적절하지 않을까.

결혼을 해보니, '시집살이, 남편 살이, 아이들 살이'에 천덕꾸러기처럼 이리 치이고 저리 짓밟혀서 '나'라는 개인의 인격은 오간 데가 없다. 북어처럼 매맞아 시달리는 신세가 여자의 결혼 생활이다. 그런

데도 많은 여자들이 매맞듯 맞이하는 결혼 생활에서 행복의 끈을 붙
잡으려 하는 이유는 무엇일까.

'맞아야 한다'는 말 뒤의 '제 맛이 난다'는 말은 또 무슨 의미일까. 그것은
아마도 시댁과 남편과 아이들에게 시달려서 북어처럼 곤죽이 되었을 때에
비로소 한 여자로서 성숙된다는 의미일 것이다.

시집살이를 안한 며느리는 경망스럽고, 남편의 시달림을 받아 보지
않은 여자는 남자의 겉과 속의 차이를 알지 못한다. 남자를 아는 여
자라야 내면의 생채기 안에 매력이 쌓여서 진주같은 여자가 된다.
또 아이들에게 시달려 보지 않고 참교육 운운한다면 그것은 거짓
이다. 자식을 낳고 기르면서 청소년으로, 어른으로 만드는 과정 속에
우러난 것이 진정한 교육이다. 알뜰한 어머니 품에서 정성껏 교육받
은 아이들이야말로 사회의 밑거름이 될 수 있다. 결국 북어처럼 맞고
살아온 여자의 삶이 진국이며 참으로 아름답게 빛나게 된다.
깡마른 북어를 보면, 애당초 명태라는 이름에서 북어로 변신하기까
지의 과정들을 떠올리게 된다. 내장은 고스란히 잔 소금 깔려 젓갈이
된다. 그뿐인가. 알주머니는 보물인 양 후벼져 명란젓으로 둔갑한다.
이리 먹히고 저리 뜯긴 다음에 몸통만 남은 채 나뭇가지에 꿰어져
허공에 매달리는 팔자가 되는데, 북어로 탈바꿈하는 날이면 또다시
온종일 진을 빼며 물기마저 가시는 시련을 맞게 된다.
북어가 된 다음의 운명 역시 다채롭다. 제사상에 눕는가 하면, 수랏
상, 해장국, 밑장으로 진기를 우려낸다. 갈기갈기 찢겨져 밑반찬이나
북어 무침이 되어 도시락에 담겨지기도 한다.

북어는 생선 특유의 비린내가 전혀 없어 먹고 난 뒤에도 개운하다. 때깔 있는 반찬이기보다 오도카니 입맛을 돋구는 것으로, 화려하지도 않지만 보이지 않으면 서운하다. 우아한 도미도 아니요, 날렵한 가자미도 아닌, 그야말로 평범하고 수줍스런 물고기이다.

나는 북어를 쳐다볼 때마다 여자의 일생을 떠올린다. 매를 맞아야 제격이라는 속담 때문이 아니다. 머리끝부터 꼬리까지 남김없이 쓰여진다는 사실이 희생을 요구하는 모성애의 엄마와 아내를 상징하기 때문이다. 결혼한 여자는 남편과 아이들, 시댁에 한없이 희생해야만 하는 존재이다.

남편이 바라는 아내의 모습이란 항상 편해 더없이 좋기 만한 아내, 부드럽고 그윽한 미소로 남편을 감싸주는 아내, 잘못을 탓하지 않는 넉넉한 가슴을 가진 아내, 아낌없이 자신을 헌신하는 아내이다. 자신을 희생하면서도 그걸 희생으로 느끼지 않는 참다운 자비의 품일 것이다.

북어를 보면, 결혼한 여자의 아낌없는 절제와 희생이 눈에 보이는 것 같아 안쓰럽지만, 연하고 부드러우며 구수한 북어를 먹을 때면 기분이 가라앉고 편안해진다. 제 몸 모두를 아낌없이 주는 북어와 마주할 때면 나직하게 일러주는 그 목소리를 듣는 것 같다.

참고로 북어가 두드러기에 좋다는 것을 알려주고 싶다.

나는 상한 음식을 먹고 온몸에 두드러기가 나서 고생을 한 적이 많다. 약을 싫어하기도 하지만 약국에서 조제해 주는 두드러기 약은 독해서 잠만 자게 되어, 언젠가 단골 한의원에 부탁하여 깨끗하게 완치를 한 경험이 있다.

통북어 한 마리와 무 한 통, 파뿌리가 달린 대파 3개를 넣고 북어가 곰국처럼 흐물흐물해지도록 연한 불에 끓여서 사흘 간 물 대신 마시면 된다. 평소 두드러기로 고생하는 사람이라면 한 번 해먹을 것을 권한다. 먹고 나면 좀처럼 두드러기에 걸리지 않는다.

친정살이 때 받은 선물

"축하드립니다. 임신입니다."

결혼하고 5년 동안 아이 둘을 키우면서 정신없이 보낸 내게 임신했다는 소식은 황홀한 충격이었다. 서른 아홉의 나이, 더 이상 아이를 갖지 않고 작가로서 창작 활동에 전념할 수 있다는 희망이 여지없이 깨지는 순간이기도 했다.

하지만 태아도 한 인간이기에 소중한 생명을 거부한다는 생각은 감히 할 수 없었다. 꿈조차 꿀 수 없는 일이었다. 결국 생명의 굴레에 먹살이 잡히고 만 셈치고서, 창작 활동을 3년 미루기로 했다. 막상 그렇게 작정하고 나니 마음이 무척 홀가분했다.

누구에게나 나름대로 사연이 있겠지만, 내 결혼 생활도 순탄한 편은 아니었다. 이런저런 사연으로 우리 네 식구는 잠시 친정살이를 했는데, 막내를 임신한 지 반년 남짓 지난 무렵이었다.

이삿짐을 옮기고 친정 집으로 들어간 첫날, 남편은 오랜만에 찾은 아내의 처녀 시절 방에서 쉽게 잠을 이루지 못했다. 나 역시 그랬다. 출가한 큰딸의 방을 그대로 간직해 온 친정 어머니가 고맙기보다는 마치 친정으로 돌아오게끔 운명 지워진 게 아닌가 하는 생각에 마음이 아팠다.

그보다는 처갓집으로 살림살이를 옮긴 남편의 기분은 어떨까 궁금했다. 남자들은 자존심을 먹고 산다는 말이 뇌리에서 떠나지 않았다.

물론 결혼하고 나서 가끔 친정을 찾았다. 하지만 시댁에서 나와 친정에서 일 년 이상 결혼 생활을 하리라고는 전혀 예상하지 못한 일이었다. 어머니가 이 방에서 습작 활동을 하여 뒤늦게 문단에 등단했고, 때로는 큰딸을 위해 기도 드렸다는 사실이 새삼 가슴에 와 닿았다.

결혼하기 전까지 34년간 살았던 내 방은 두 벽이 유리창으로 장식되어 전망이 매우 좋았다. 담 옆에 강낭콩을 심으면 콩 줄기가 내 방 유리창을 가로질러 지붕까지 쑥쑥 자라나 주홍빛 꽃들이 흐드러지게 피곤했다.

집밖의 전봇대에는 낡은 가로등이 하나 걸려 있었는데, 바람이 심하게 불면 그 흔들리는 소리가 바람에 묻어 구슬프게 들려 오기도 했다. 여름날 창문을 열고 누워 있으면 꽃과 가로등이 한데 어우러져 애잔한 평화를 만들어 내곤 했다.

내 방 옆으로는 자그마한 온실이 있었는데, 그 공간에 몸을 담고 있으면 연인의 가슴에 안긴 듯 따뜻한 햇살이 온몸을 감쌌다. 추운 겨울에도 온실 속에는 갖가지 화초가 뿜어내는 향기로 가득 찼다.

온실 위에는 널찍한 발코니가 있었다. 그곳은 두 아이의 놀이터였다. 소꿉장난을 하며 놀던 두 아이는 틈틈이 엄마가 있는가를 확인이라도 하듯 내 방 쪽으로 눈길을 주곤 했다.

가끔 얼굴에다가 분을 바르고 있는 엄마의 모습을 보고는 씩 웃곤 했다. 나 역시 몸이 무거워지면서 일일이 아이들을 따라다니기 힘들다 보니 커다란 내 방 창은 아이들을 살필 수 있는 좋은 전망대였다.

친정살이하면서 생긴 또 하나의 버릇은 존 세바스찬 바흐의 브란덴부르크 협주곡을 하루종일 듣는 일이었다. 뱃속의 아이가 나오려고 진통 중일 때도 들었고, 겨우내 빗살무늬 햇살이 쏟아지는 정원에 기저귀를 널 때도 들었다.

이 음악을 들으면서 간간이 하늘을 바라보면 뭔가 응어리진 한숨 덩어리가 한 움큼 토해지는 걸 느낄 수 있었다.

개구쟁이 두 아이와 남편 옷, 아기 기저귀, 그리고 친정 다섯 식구의 빨랫감을 한 무더기 모아 놓고 차례차례 빨래하는 동안에도 브란덴부르크 협주곡은 나의 유일한 친구였다.

설거지할 때도 마찬가지였다.

세제를 사용하면 설거지를 빨리 할 수 있으련만 행주와 비누만을 고집하는 어머니의 잔소리를 듣기 싫을 때면 이 음악으로 귓구멍을 틀어막곤 했다. 그러면서 언젠가 때가 오면 칠뜨기 같은 내 팔자가 편해지리라 믿고 또 믿었다.

나는 요즘에도 울적한 날이면 바흐의 브란덴부르크 협주곡을 듣는다. 막내 아이가 속을 썩힐 때면 이 음악을 듣고 싶어진다. 어쩌다가 라디오에서 이 음악이 나올 때면 세상없이 급한 일이라도 잠시 멈춰 음악에 취한다.

시댁이 아닌 친정에서 보낸 그 시절, 하얀 기저귀가 바람에 흩날리

고, 한숨과 눈물로 마음의 멍에를 달랬던 그 때였다. 한 순간의 추억
일 뿐이라고 치부하기엔 마음에 담긴 상처가 너무나 컸던 때였다.

　하지만 언제부터인가 그 시절이 그리워지기 시작했다. 처녀 시절은
생각나지 않아도 그 때는 문득문득 떠올랐다. 그 때가 없었다면 막내
를 갖게 된 기쁨과 행복을 누릴 수 없었을 것이라 생각되기도 했다.

　단 한 번도 여자로 태어난 것을 섭섭하게 생각하지 않았고 여자인
것이 자랑스러웠던 나에게 하느님이 주신 선물이 아니었을까.

　철저한 부엌데기 인생이지만 그것이 곧 여자의 행복임을 깨닫게
해준 시련이라고 믿고 싶다.

분갑에 담긴 작은 행복

평소 얼굴 화장을 즐기지 않던 내가 막내 녀석을 갖고 나서는 열 달 내내 얼굴에다가 분을 바르며 지냈다. 입덧은 전혀 하지 않았으니 분단장이 입덧을 대신한 셈이다. 남편은 분단장 덕택에 입덧을 하지 않는 것 같다고 놀려댔다.

아침에 세수를 하고 나면 제일 먼저 분을 발랐다. 저녁에도 그랬다. 하루종일 집안에 있을 때에도 틈만 나면 분갑을 찾는다. 어쩌다가 기분이 내키는 날이면 온몸에다가 바르기도 했다. 분 냄새가 그렇게 상큼할 수가 없었다.

욕실에서 거울을 보며 뽀얗게 분을 바르고 나면 뱃속에서 조금씩 커 가는 아기에 대한 애정도 남다른 것 같고 출산에 대한 두려움도 어느 정도 가라앉곤 했다.

분을 바르고 나면 무슨 일을 해도 기분이 상쾌했다. 책을 읽어도 그 내용이 머리에 쏙쏙 들어왔다. 하지만 어쩌다가 분을 바르지 않은 날이면 불안하고 가슴이 답답했다.

　이상한 일은 막내 아이를 낳고 나자 분 냄새가 역겹게 느껴졌고, 젖을 떼고 나자 다시 상큼하게 와 닿는 점이었다.

　내가 가장 아끼는 분갑은 얼마 전 유럽 여행길에 산 것이다. 비싼 외제 물건이어서 아끼는 게 아니라 이모의 분갑을 닮았기 때문이다. 이모가 갖고 있는 분갑은 그야말로 일제 시대 때나 볼 수 있는 옛날 물건인데, 아주 작고 도톰한 게 무척 예쁘게 생겼다.

　이모는 그 분갑을 무척 아꼈다. 분첩이 더러워지면 손수 빨면서, 혹 누군가 만지기라도 하면 무척 화를 내곤 했다. 손때가 묻어 군데군데 해졌지만 고풍스런 멋은 여전했다.

　이젠 여든을 넘긴 노인인데도 이모는 여전히 아침마다 얼굴에 분을 바른다. 보석함에서 보석을 꺼내듯 분갑을 조심스럽게 열고는 분첩으로 코끝이나, 볼, 이마 위를 톡톡 두드리는 그 모습이야말로 멋을 한껏 부리는 여느 젊은 아낙네와 다름없다.

　그런 이모의 모습이 나한테는 무척 인상깊게 다가온 모양이다. 유럼 여행길에 우연히 그것과 닮은 분갑을 발견했을 때의 기분은 이 세상 모든 것을 차지한 느낌이었다.

막내 아이가 저 혼자 걸어다닐 무렵, 이번에는 사춘기를 맞은 딸아이가 분을 바르라고 재촉한다.
"엄마! 얼굴이 너무 번들거려서 꼴불견이야. 분 좀 발러!"

제 남동생을 가졌을 때 분을 즐겨 바르던 엄마의 모습을 기억하고 있을까. 딸아이의 이야기를 듣는 날이면 어김없이 분갑을 찾느라 부산을 떨곤 했다. 요즘엔 외출할 때면 꼭 분갑을 챙기고 집을 나선다. 왠지 분갑을 몸에 지니고 있으면 마음이 평화롭다.

카페나 레스토랑에서 누군가 기다리다가 시간적 여유가 있을 때면 어김없이 분갑을 꺼낸다. 그리고 분갑의 거울에 비친 내 모습을 열심히 들여다 본다.

어제와 다른 중년 여인의 모습. 하지만 이마에 그어진 굵은 주름살, 눈가의 엷은 잔주름이 슬프지만은 않다. 물론 처음엔 처녀 시절의 싱그럽고 예쁘기만 했던 모습을 잃어버린 데 놀라기도 했고 당황하기도 했다.

남편이 미웠고 세월을 탓했다. 남편과 아이들을 뒷바라지하며 살림하면서 느꼈던 행복이 혹 착각이 아니었을까 싶기도 했다.

그런데 분갑의 거울 속에 담긴 모습을 들여다 보면 볼수록 그게 아니었다. 중년의 그윽한 눈동자가 나를 응시하고 입가에 띄운 서먹한 미소가 무척 친근하게 다가왔다.

'아픈 만큼 성숙한다'는 말처럼 세월의 깊이만큼 행복한 여자로 완성되어 가고 있다는 것을 느끼게 해준다. 그리고 그것을 도와준 남편과 아이들, 이웃이 곁에 있다는 게 고맙다. 그들이 없었다면 거울 속의 모습은 분명 달라졌을 텐데.

작은 거울 속의 여인과 눈을 맞추면서 분을 바르고 나면 내 마음속에 하나의 봉오리가 맺히고 꽃이 피는 걸 느낀다. 여자로 태어난 행복, 남편과 아이들, 그리고 이웃과 사랑을 나누며 살아가는 이곳이야말로 내가 머물러야 할 자리라는 것을.

이 세상에 그토록 수많은 나라와 도시와 인종과 사람들이 있지만 오늘 내가 이 자리에 서 있다는 사실 자체가 특별하지 않을 수 없다.

시집살이 새댁의 눈물

결혼하여 처음으로 시댁 제사를 지낼 때이다. 시어머니는 갓 시집온 새댁에게 5백 원 짜리 동전 만한 육전을 부치라고 했다. 재료를 준비한 다음, 선반에서 프라이팬을 꺼내 연탄 풍로 위에 올려 놓고는 계란을 터뜨려 전을 부치기 시작했다.

전을 부치는 일은 기술도 필요하지만 마음도 함께 곁들어야 한다. 그래야만 예쁘장한 육전이나 생선전이 하나씩 탄생된다.

그 때는 프라이팬의 온도에 따라 육전의 색깔이 달라지는 것을 몰랐다. 넉넉한 소쿠리에 하나 가득 육전을 부치는 동안 졸리기도 하고 야속하기도 했다. 결혼이란 철저하게 음식 만들기를 요구하는 생활이라는 것을 새삼 깨달으면서, 프라이팬이 징글맞게 여겨지기도 했다.

나중에 보니, 소쿠리에 가득한 육전 중에 제 색깔이 나도록 예쁘게 만들어진 육전은 거의 없었다. 노력은 있으나 공이 없는 결과였다.

처음으로 고추장을 쑬 때의 기억도 쓰리기만 하다.

먼저 결혼한 손아래 동서는 아장거리는 조카 덕에 난로를 피운 따뜻한 실내에서 아이를 돌보고 있었고, 나는 쌀쌀한 바람 자락이 넘나드는 처마 밑에서 봄비를 맞으며 하루종일 질금 가루가 엿이 되도록 고와야만 했다.

'왜, 하필 나야?' 하는 생각에 마음이 편치 않았지만, 그래도 '언제 다시 엿을 고겠어, 좋은 경험이 될 거야' 라며 마음을 달랬다. 15년 이상 집안 일을 거들어 주는 아주머니가 있는데도 갓 시집온 새댁에게 왜 시키는지 그 이유를 알 수가 없었다.

처마 밑으로 떨어지는 굵은 빗줄기가 어쩌다 이마를 때리면, 지금 이 어느 세상인데 올챙이배를 하고 하루종일 서서 엿을 고아야 하는지 침울한 생각이 목젖을 건드렸다. 하품을 하면 하얀 입김이 뭉실 새어나오는 초저녁까지 통통 부어오르는 발목을 비벼 대면서 엿을 고았다.

사랑 받는 일이라면 늘 으뜸이라고 여겼는데, 시집을 와서 이런 고생을 겪다니 나 자신이 그지없이 초라하게 느껴졌다. 특히 무슨 날이면 동서는 예쁘게 봐주고 나에게만 엄한 시어머니가 야속하고 서러웠다.

고추장을 담그고 난 다음, 나는 며칠 동안 허리 근육통과 다리가 당겨 저녁마다 집 뒤꼍에 나와 하늘을 쳐다보며 울고 또 울었다.

시집 식구가 눈에 띄면 마음속으로는 아연 실색하면서도 겉으로는 실그러진 미소를 지어야만 하는 얄궂은 신세로 전락한 게 견딜 수 없었다.

특히 시댁은 고추장 찌개를 좋아해서, 하루에도 몇 번씩 뒤꼍 장독대를 드나들어야만 했다. 고추장 항아리에서 장을 퍼 올릴 때마다 항아리를 발길로 마구 차고 싶었다. 지금 생각하면 한참 철없는 시집살이였다.

지금이야 고추장을 담그는 일이나 부침개를 부치는 따위는 손끝에서 가볍게 주무르는 요리사가 되었지만 신혼 시절에는 그런 일 자체가 무서웠다. 혹시나 잘못 배웠다고 친정 어머니를 욕보이는 것은 아닐까 싶어 노심초사한 적이 한두 번이 아니었다.

부침개를 부치는 그릇으로는 프라이팬이 제격이다. 냄비나 압력솥보다 음식 하나 하나의 개성을 살려주고 동시에 원하는 대로 익혀 준다. 한 그릇 안에 있지만 하나 하나 익는 속도나 과정이 다르기 때문에 때에 맞춰 뒤집고 꺼내야만 한다. 말하자면 공동체를 한 눈으로 보는 듯하다.

솥이나 냄비를 단체생활이라고 하면, 프라이팬은 가정과 같은 역할을 한다고 할까. 냄비는 음식물에서 배어 나와 스며든 각각의 맛이 한데 어우러져 한꺼번에 진국을 만들어 내지만, 프라이팬을 쓰면 가장자리의 것은 설익고 가운데의 것은 안성맞춤이 되기 쉬워 요리하는 사람의 재능을 필요로 하는 것이다.

계란을 익힐 때도 다양한 종류를 만들 수 있다.

세 아이가 하나같이 개성이 강해서 주문이 까다롭다. 딸애는 노른자를 터뜨리지 않고 익혀 달라 하고, 큰아들은 노른자를 터뜨려 달라 하고, 막내는 반숙해 달라고 한다. 나는 이 주문들을 한 프라이팬에서 동시에 한다. 그러면 남편은 또 그게 불만이다. 찐 계란을 먹든지 똑같이 해먹을 일이지, 엄마를 피곤하게 한다고 나의 역성을 들어 준다.

나는 내 마음속에 머물고 있는 사랑하는 사람들이 제각기 개성과 살아가는 의미를 다르게 갖되, 아름답게 조화를 이루었으면 한다. 마치 하나의 프라이팬 속에서 세 가지 종류의 계란이 요리되는 것처럼 말이다.

조각 조각이 모여 완전한 모자이크를 완성하듯, 나는 그들의 뜨겁게 달구어진 영혼 안에 독특한 맛으로 구워지고 싶다. 프라이팬 속에 들어 있는 음식의 영양소처럼 이 세상 사람들에게 유익한 존재가 되고 싶다.

남편 팬티 입고 사는 여자

3년 전이었다. 내가 살고 있는 아파트 쇼핑센터에 후배가 액세서리 가게를 냈다. 나는 시장을 볼 때면 이따금 그 가게에 들러 아이 쇼핑을 하곤 했다.

어느 날 그녀는 예쁜 꽃무늬 천을 만지작거리면서 몇 개인가 숫자를 헤아리고 있었다. 무슨 옷인가를 묻는 내게 그녀는 한 개를 펴놓으면서 여름철 집안에서 입으려고 샀다고 했다. 안개꽃, 쑥부쟁이, 들꽃들이 화사하게 어우러진 반바지가 한 눈에 쏙 들어왔다.

그 반바지는 미술을 전공한 어느 부부의 작품이었다. 미리 주문을 받아 판매하는데 주문량을 대지 못할 정도로 물건이 딸린다는 것이다. 손수 염색을 한 것이 첫눈에도 좋아 보였다. 후배는 한 번 입어 본 사람은 그 부드러움에 이 옷만을 찾게 된다며 내 마음을 부추겼다.

그 무렵, 나는 그 반바지와 흡사한 들꽃이 이랑을 이루며 피어 있는 들녘을 꿈꾸곤 했었다. 일몰이 일고 있는 들판에 한 사나이가 맨 가슴으로 붉은 해를 바라보고 서 있는 영상이었다. 후배가 만지작거리고 있는 옷의 무늬에서 돌연 상상의 사나이를 떠올려 봤다.

그 자리에서 나는 두말할 것 없이 반바지 몇 개를 움켜쥐었다. 회색 빛, 달걀 노른자 빛, 인디언 핑크 빛, 은빛의 안개 무늬와 황금빛 들녘의 들꽃 무늬가 수놓인 다섯 개를 샀다.

찬거리를 사야 할 돈을 몽땅 날려 그냥 집으로 직행하면서도 나는 줄곧 꿈속의 남자를 떠올렸다. 그리고 이 옷 다섯 벌이면 한여름은 잘 날 수 있겠다 싶었다.

간편한 티셔츠를 받쳐입기만 하면 나들이를 갈 때에도 손색이 없을 것 같았다. 젊은 엄마처럼 옷을 젊게 입으라는 아이들의 면박도 면할 수 있을 듯 싶었다.

집에 돌아오자마자 나는 얼른 황금빛 들판의 안개꽃 무늬 바지로 갈아입었다. 허리는 헐렁했지만 피부에 와 닿는 촉감이 부드럽고, 앉거나 서거나 활동하기에 편했다. 그런데 저녁에 돌아온 남편은 내가 입고 있는 바지를 보고는 소리치는 것이었다.

"아니, 배꼽 아래 구멍 난 남자 팬티를 입고 있잖아! 조양희는 간 큰 여자임에는 틀림없군!"

내가 입고 있는 바지가 남자 팬티라는 말을 듣자 뇌에서 '띵!' 하는 소리가 났다. 남편은 한 마디를 더 거든다.

"요즘 남자 팬티도 패션이라더니 정말 색상이 예쁜데… 어디서 골랐어? 무늬가 아주 특이해…"

"마음에 들어요? 무늬가 그럴 듯해서 내가 한 번 입어 봤죠. 내일모레가 우리 결혼 기념일이잖아요!"

확실히 나는 머리가 잘 돌아가는 여자인가보다. 연습도 안했는데 결혼 기념일까지 잘도 갖다 붙인다. 남편 말대로 그 옷은 패션으로 만든 남성용 팬티였다. 조금 있다가 후배에게서 전화가 왔다. 열린 앞부분을 실로 박고 입으라는 이야기를 빠뜨렸다면서 깔깔거리고 웃는 것이었다. 말하지 않으면 아무도 남성용 팬티인 줄 눈치채지 못한다는 이야기였다.

어쨌든 그 이야기를 듣는 순간부터 상상의 사나이는 나에게서 점점 멀어져 갔다. 그리고 개구리처럼 볼록 나온 배를 추스르며 오색 들꽃 무늬 팬티를 매일 갈아입는 남편을 볼 때면 왠지 한숨이 나오곤 했다. 하지만 그 옷은 3년이 지난 지금도 여전히 새것이나 다름없다. 색깔이 조금 바랬을 뿐인데, 그게 오히려 더 곱게만 보였다.

올 봄의 어버이날에 막내 아이는 안개꽃을 선물했다. 나는 그 꽃을 창가에다가 꽂아 두었다. 겹벗꽃이 흐드러지게 핀 창밖에 봄바람이 불기라도 하는 날이면 우리 집 창가는 온통 꽃잎으로 도배한다.

그럴 때면 들녘의 들꽃이 무리 지어 피어 있는 곳에 당당하게 서 있는 꿈속의 사나이를 보게 된다. 그 사나이 역시 안개꽃에 묻혀 있다. 나는 그 사나이가 내 쪽을 돌아 봤으면 하는 안타까움에 숨을 죽인 채 기다리고 있다. 마침내 사나이가 미소를 머금고 지긋한 눈빛으로 나를 쳐다본다.

하지만 어디서 많이 본 눈길이었다. 자세히 보니, 그 얼굴은 다름 아닌 바로 털보 남편이었다. 나는 기겁을 하고 놀라 꿈에서 깨어나고 말았다. 그 꿈을 꾸고 난 이후, 가슴을 설레게 했던 사나이는 다시는 나타나지 않았다. 다만 남편만이 여전히 들꽃 무늬 팬티를 입고 내 앞에서 왔다 갔다 한다.

아파트 1층에 사는 재미

"아, 1층에 사시네요. 집 값이 좀 쌌겠네요."

우리 집을 찾아오는 대부분의 사람들이 하는 말이다. 하긴 몇 년 전만 해도 우리 집 바로 밑은 거대한 쓰레기통이었다. 하루에 15개 층에서 내버리는 온갖 오물이 우리 집 아래에 놓이곤 했다.

그뿐인가. 쥐를 잡는다고 쥐약을 놓는 날이면 약을 먹은 쥐들이 쓰레기 통로를 타고 올라와 천장 위에서 달리기 시합을 하는 통에 밤잠을 설치곤 했다.

어느 날인가, 욕실에서 쿰쿰한 냄새가 나기에 천장 구멍을 들여다보니 약 먹은 쥐들이 썩어 가고 있었다. 나는 치우는 과정이 끔찍해서 아예 천장을 뜯어내고 갈아 버렸다. 그때만큼 아파트 1층의 집 값이 싸다는 말을 실감한 적이 없었다.

하지만 나는 1층에 살고 있는 것을 한 번도 후회한 적이 없었다. 우선 엘리베이터를 기다리지 않아서 좋다. 세 아이들이 엘리베이터에서 장난을 치거나 떨어져 부상당할까 봐 걱정하지 않아서 좋다. 물론

쓰레기통을 폐쇄하고 나서 쥐란 놈은 없어졌고 바퀴벌레 족속도 찾아
볼 수 없게 되었다.

내가 사는 아파트는 20년이나 지난 오래된 아파트이다. 그렇기에
제법 숲이라고 이름지을 만한 관목과 교목이 한데 어우러져 계절을
번갈아 가며 꽃을 피워 낸다. 베란다 바로 앞에는 제법 넓은 잔디가
광장처럼 펼쳐져 있다.

우리 집을 찾아오는 사람들이 하는 첫마디는 늘 똑같다.

"어머, 여기는 끝내 주네, 완전히 푸른 들판이잖아. 글이 저절로 떠
오르겠는 걸. 땅과 가까이 살면 몸도 안 아프다던데…"

어떤 이는 호들갑을 떨면서 이렇게 말한다.

"1층이라 좋겠네요. 다른 곳으로 이사가지 말고 여기서 오래 사세
요. 이런 데도 흔치 않아요"

사실 베란다에서 바깥을 내다보면 우리 집은 전원 주택이나 다름
없다. 파란 잔디가 넓게 펼쳐져 있고 갖가지 꽃들이 계절을 장식한다.

매화가 피는 봄, 그 매화가 자취를 감출 때면 안개에 젖어 희고 분
홍빛으로 수줍은 듯 고개를 드는 벚꽃이 자리잡는데, 개량 무궁화도
한몫을 거든다. 가을이면 아예 은행나무들이 황금빛 축제의 터널을
만들어 준다. 그 누군들, 베란다 밖 풍경을 내다보는 일이 정겹고 오
롯하지 않을 수 있겠는가.

나는 새벽에 베란다 문을 여는 것으로 하루를 시작한다. 어두워지
면 베란다 문부터 닫게 되는데, 그때마다 어릴 적 외할머니의 등에
업혀 창극을 보러 갔다가 막간마다 커튼을 여닫던 악극 단원이 연상
되곤 했다. 하루 한 번씩 창극과 외할머니를 떠올린 지도 벌써 20년
이 넘었다.

가끔은 일부러 새벽에 잔디를 밟아 보기도 한다. 햇빛이 드는 아침 풀섶 위에 내려앉은 은빛 물방울이 찬란하다. 외계인들이 지구를 찾아와 밤새 놀면서 잔디 위에 조각난 다이아몬드를 뿌려 놓은 것 같다. 그런가 하면 흐린 날 아침 잔디에 줄지어 내려앉은 이슬은 여지없이 진주 알이다.

나는 종종 그것에 마음이 홀려 멍하니 바라다보며 상념에 잠기곤 한다. 그럴 때마다 역시 사람의 마음보다 아름다운 건 이 세상에 없는 것 같다고 생각한다. 그리고 그 아름다움의 일부가 내 마음속 어딘가에 깃들어 있을 것이라 생각하면 그렇게 행복할 수가 없다.

눈에 보이는 모든 것들은 그 자리에 있어 주는 것만으로 고맙고 소중하며 사랑스럽다. 비록 풀잎에 맺힌 작은 물방울이지만 내 마음을 밝히는 등불이라고 생각하면 마음이 편안해진다.

슬플 때보다는 기쁠 때 베란다 밖을 자주 내다보는 까닭을 과연 남편은 알고 있을까.

비를 맞고 싶은 주부들에게

비가 올 때면 창 밖을 바라보는 것이 그렇게 정겨울 수가 없다. 가뭄을 누르고 내리는 빗줄기라면 더할 나위없이 달콤하게 여겨진다. 쏟아지는 빗방울들을 하나하나 응시하다 보면 꽉 막혔던 마음까지 확 뚫리는 것 같고 후련해진다. 역시 우울한 마음을 쓸어 내리는 데에는 창밖에 비가 제격이다.

언제부터인지, 가을처럼 맑은 날보다는 안개가 짙게 깔린 흐린 날이 좋아지기 시작했다. 빗방울이라도 수수하게 떨어지는 고즈넉한 날이라면 더없이 좋았다. 동심에 젖어 비를 흠뻑 맞고 싶기도 했다.

하지만 산성비일 텐데 혹 대머리라도 되면 어쩌나 싶은 잔걱정이 앞선다.

마음 같으면 입고 있는 옷을 홀딱 벗어 던지고 마냥 빗속을 뛰어다니고 싶지만, 그랬다가는 경찰서 유치장이나 병원 신세를 질 것이 분명하니 앉은 자리에서 마음만이라도 흠뻑 젖어 보곤 한다.

며칠 전이었다. 그날도 비가 주룩주룩 내렸다.

문득 여고 시절 짝꿍에게 전화를 걸었다. 그녀는 비를 무척 좋아했다. 비오는 날에 돌아다녀도 얼굴에 기미가 낄 걱정 없고, 잡티가 드러나지도 않고, 늘어가는 주름살이 잘 나타나지 않기에 얼굴이 돋보인다고 했다. 무작정 길을 걷다가 분위기가 좋은 카페라도 만나면 잎차 한 잔을 시켜 놓고 창 밖을 바라보는 것이 그렇게 황홀할 수 없다고 했다. 비를 좋아하는 이유가 지나치게 현실적이어서 마음 한편으로 서글프게 느껴졌다.

빗줄기가 중년의 주홍빛 가슴속에 스며들어, 얼마 전 세상을 떠난 친구가 생각났다. 그 친구는 두 달 전 느닷없이 자살하여 나를 깜짝 놀라게 했다. 같은 골목에서 살았던 가까운 친구이기에 더욱 마음이 아팠다.

그녀는 외모가 춘향전에 등장하는 향단이를 닮았다. 향단이처럼 귀엽다고 해서 동네 사람들은 그녀를 '단이'라고 불렀다.

그녀는 결혼해서 두 아이를 기를 때까지는 남편과 단란하게 살았다. 아이들이 중학교에 들어가자, 집안에만 머무르며 늙어 갈 수는 없다고 생각하여 보험회사에 취직을 했다.

친구들과 어울릴 때 '아내여, 용감히 홀로 서라'는 말을 자주 했다. 그런데 직장에 다니면서 우연히 연하의 남자를 알게 되었고, 그 남자와 깊은 관계에 빠지고 말았다. 이를 눈치 챈 남편이 추궁하자, 그녀는 남편과 심하게 다투고는 집을 뛰쳐나왔다.

일 년이 지나고 그녀는 남편 몰래 아이들을 만났다. 그러나 아이들 역시 '자식을 버린 엄마는 어머니가 될 자격이 없다'면서 오히려 대들었던 모양이다. 갖고 있던 돈이 바닥이 나자, 연하의 남자는 그녀를 떠났고, 결국 그녀는 친정 집 근처의 산골짜기에서 주민등록증을 껴 안고 자살로 생을 마감하고 말았다.

이 땅의 모든 가정주부들은 하늘과 땅을 쳐다보면서 밤낮으로 가 족들의 건강과 행복을 기원한다. 바람과 나무와 바다를 보면서도 오 로지 가족들이 평안하고 무사하기만을 빈다.

때로는 비 내리는 창가를 내다보며 공허한 마음을 달랠 때도 있을 것이다. 하지만 주부로서의 자존심과 어머니로서의 긍지만은 잃지 않 고 있다. 초라한 모습으로 자신이 갖고 있는 것을 모두 다 내어 주는 아내의 자리를 여왕 못지 않게 여기면서 소중히 지키고 있다. 주부는 '홀로 서기'가 아니라 가족과 함께 서고자 노력할 때 아름답게 보여 지는 법이다.

흔히 매스컴에서는 사회적으로 성공했다고 생각되는 일부 여자들 이 이런저런 사유로 이혼을 하고 '홀로 서기' 한 것을 대단한 일인양 추켜세운다. 부엌에 박혀 있는 주부는 마치 능력이 없어서 그 자리를 지키고 있는 것처럼 착각을 일으키게 만든다. 어쩌면 매스컴의 선전 에 휘말려서 흔들리는 주부도 나올 지경이다. 물론 그런 사람은 우리 사회에 많지 않을 것이다.

21세기를 바라보는 문턱에서, 능력 있는 여자라면 당연히 가정을 뛰쳐나와야 하는 것으로 생각하는 사람들이 있다.

그러나 곰곰이 생각해 보자. 아내가 제자리를 지키고 있을 때 그 집안의 분위기가 얼마나 부드러워지는가, 아내의 자리가 비어 있을 때 얼마나 쓸쓸하고 허전하고 차가운가. 주부가 어쩌다가 외출하여 늦게 들어온 날, 가족들의 표정이 어떠한가를 떠올리면 알 수 있는 일이다. 이런 것쯤은 누구나 한 번쯤 경험했을 것이다.

나는 주부가 부엌에서 열심히 일할 때가 가장 예뻐 보인다는 말을 수없이 들어 왔다. 남편과 아이들, 아니 전혀 모르는 낯선 주부들조차 그런 말을 수없이 해주었다. 실제로 부엌을 벗어나려고 안간힘을 쓸 때 부작용이 생기고 결국 곪아터지는 경우를 너무나 많이 보아왔다.

남편과 아이들을 돌보면서 한 가정을 지키는 모습은 결코 초라하지 않다. 용감한 아내의 아름답고 당당한 모습이다.

남편을 등지고 자식과 떨어진 주부가 과연 용감하게 살아갈 수 있을까. 먹고사는 일, 자기가 하고 싶은 일을 한다는 성취감이 세상을 살아가는 의미의 전부는 아니다.

비가 내리는 창 밖을 바라볼 때면, 특히 가을이면 어떤 주부들이 비를 맞고 거리를 헤매고 있을지 안쓰럽다.

우울하면 아이들 방에 간다

나는 우울할 때면 무조건 아이들 방으로 들어간다. 그 방에는 아이들이 만들어 놓은 모든 것들이 무질서하게 흐트러져 있다. 하지만 그것들을 쳐다보고 있으면 서서히 마음이 가라앉는다.

아이들 방에는 살림살이래야 책상과 옷장이 고작인데, 항상 발 디딜 틈 없이 어지럽다.

사내 녀석들 방에는 만화책이며 스케치북과 레코드가 구석구석 처박혀 있다. 벽에는 까치 머리를 한 소년의 포스터가 비정한 눈으로 나를 노려보고 있다. 여기저기 뒹구는 지우개와 낙서장들은 한데 어우러져 그야말로 환상적인 분위기를 연출하고 있다.

사춘기에 접어든 딸아이 방도 별반 다르지 않다. 돌돌 말아 둔 냄새나는 양말짝, 첩첩이 사 모은 색색 볼펜, 인기 가수들의 얼굴을 붙인 거울, 빤짝이는 스티커가 붙여진 예쁜 수첩, 여드름 약, 향수 냄새 나는 분첩, 선물 받은 앙증맞은 비누들, 책갈피 속에 숨겨 둔 신제품 생리대, 그리고 갖가지 잡지에서 오린 콘서트 광고 등등…

방에서 풀풀 나는 냄새를 맡다 보면 방금 무엇 때문에 마음이 아팠는지 기억을 되짚어야 할 정도이다.

친구들로부터 온 편지나 공부 시간에 주고받은 낙서장, 그리고 선생님에게서 혼이 나고도 낄낄대고 주고 받았을 쪽지들이 책상 위에서 그대로 숨쉬고 있다.

주고받은 그림 편지 속의 언어들은 하나같이 웃기고 울린다. 표현 방법도 다양하다. 최고라는 뜻의 엄지손가락, 쩨쩨하면 약지를 그리는 아이들의 지혜가 나의 무거운 마음을 풀어 버리게 한다. 가끔은 꼬깃꼬깃 구겨진 메모지를 펴서 글자를 맞춰 읽어보기도 한다.

'그 학원? 잽으로 폼 튀는 녀석 하나는 건져…'

'네가 너무 보고 싶다.'

'왕, 혼난 거 있지…'

한참 읽다 보면 저절로 웃음이 난다. 아마 이런 맛에 아이들 방에 들어가는 것 아닐까 싶다.

막내 아이의 책상은 한술 더 뜬다. 아직 다 맞추지 못한 짝맞추기, 무쇠까지 쳐부순다는 칼의 손잡이가 그려진 공책, 볼이 터져라 불다 만 모양의 색색이 풍선 등 모양은 다르지만 하나같이 곰실곰실 살아 있다. 오락에 나오는 칼 모양도 유행을 탄다니, 아이의 변화무쌍한 가슴을 어떻게 이해할 수 있을까 걱정된다.

미안한 마음으로 빈방에 들어가 아이들과 깊은 대화를 나누다 보면 도리어 내가 치유를 받으며 제자리로 돌아오기 일쑤다. 그래서 나는 부부 싸움을 하거나 삶이 버거운 날이면 아이들 방으로 들어간다. 지구에서 버림받은 것처럼 나 홀로 살고 있는 듯한 착각이 드는 쓸쓸한 아침에도 예외없이 찾아간다.

세 아이가 밥을 먹는 사이에 도시락을 챙기고, 양치질 하기 싫어하는 둘째와 씨름하고 나면 이번에는 학교에 가기 싫다고 떼를 쓰는 막내의 어리광을 달래야 한다. 그리고 나면 남편이 출근할 차례이다.

중년의 건강에 생식이 좋다고 해서 채소를 강판에 갈아주지만, 그때마다 나는 어금니까지 강판에 갈리듯 지겹기만 하다. 양복 색깔을 골라 주고 손수건을 챙겨 눈인사를 한 채 돌아서면 허물어지듯 그 자리에 털썩 주저앉기 마련이다.

나를 위해 아침 식탁을 준비해 주는 사람이 없다는 게 허전하다. 이 시험을 견뎌 내야 하는 시련의 순간이 공연히 밉다. 사랑만으로 결혼 생활이 무난할 줄 알았는데, 그 사랑은 어디로 갔는지 세월이 흐를수록 해야 할 일만 늘어간다.

이런저런 생각으로 아침부터 마음이 무겁게 차 오르면 나도 모르게 아이의 방에 우두커니 앉아 부엌데기의 서러움을 토하게 된다. 그러고 나면 아이들은 바로 나의 영혼과 육신의 건강을 위해 필요한 인격체들이라는 생각에 그들이 잠시 비워 준 공간 속으로 들어간다.

한참 있으면 마음이 훨씬 깨끗해진다.

우울한 마음을 치유할 수 있는 유일한 곳이 바로 아이들의 방이다.

용서받지 못할 연탄 난로

겨울철의 난로 주변은 정겹기 마련이다. 난로 가에 모여 드는 사람들이 정겹다 보니 화젯거리 또한 순박하고 훈훈할 수밖에 없다. 그 옛날, 연탄 난로 위에 군고구마나 먹다 남은 인절미가 쫀득쫀득 익어가면 모여 있던 아이들은 너나 없이 군침을 흘렸다. 어른들은 먼저 손이 가는 아이들을 나무라면서 한쪽에다가 끓이던 얼큰한 찌게와 소주 한 잔으로 지나가는 이웃을 불러 세우곤 했다.

젊은 사람들은 어른에게 난로 가까운 자리를 선뜻 양보하고, 노인들은 아이들이 안쓰러워 언 몸을 녹여주기 바빴다. 서로에게 따뜻한 자리를 양보하느라고 수런거리던 그런 자리였다.

그런데 언제부터인가 우리 사회에는 '끼리끼리 문화'가 재빠르게 번져 가는 듯 싶어 안타깝기 그지없다. 젊은이들은 젊은이들끼리, 노인들은 노인들끼리 어울리는 게 편하다고 생각하는 모양이다. 젊은이들만 드나드는 록 카페라는 게 생겼으니 세대 차를 좁힐 창문은 점점 좁아지는 것 같다.

어렸을 적에, 집 대청마루 한가운데에 커다란 연탄 난로가 있었다. 우리들은 틈만 나면 이 난로 곁에 모였다. 점심 한끼는 거의 난로에서 해결했는데, 찌게를 끓이거나 식은 밥으로 국밥을 만들어 먹기도 했다.

이방 저 방에서 아랫목에 누워 있던 식구들이 한곳에 모여 즐거운 식사를 했다. 난로 위에 올려놓은 노란 주전자에는 언제나 물이 끓고 있어서 잎차를 타 먹는 데도 일품이었고 방안의 습기 또한 적절히 조절해 주었다.

이 구식 난로는 이따금 불미스러운 일을 일으키기도 했다. 미처 다 타지 못한 재를 치울 때면 종종 살을 뎄고, 조금이라도 한눈을 팔면 덜 마른 빨래를 태우곤 해서 꾸중을 듣기 일쑤였다.

연탄재를 갈 때는 여간 신경을 쓰지 않으면 안되었다. 하지만 그런 작은 사건만 뺀다면 구식 난로는 사람을 끌어 모으기에 더없이 좋은 친구였다.

그렇더라도 이 난로는 나에게 너무나 깊은 상처를 안겨 준 추억 거리이다. 이 난로 때문에 아버지가 끝내 세상을 떠나고 말았던 것이다.

아버지의 병환이 점점 깊어 가던 그 겨울에도 우리 식구는 여전히 구식 난로를 좋아했다. 아버지는 매일 가까운 동네로 산책을 가곤 했는데, 의사 선생님이 매일 조금씩 몸을 움직여 줄 필요가 있다고 처방했기 때문이다.

실어증 증세마저 나타난 첫 겨울이었다.

저녁이 어둑해졌을 무렵, 아버지는 마당으로 나서려다가 그만 난로 위에 끓고 있던 주전자를 지팡이로 치고 말았다. 그 바람에 펄펄 끓는 주전자가 넘어졌고, 아버지는 그 물 위에 미끄러지고 말았다. 말을 못하는지라 뜨겁다는 표현을 못한 아버지는 그 자리에서 엉엉 울기만 했다. 우리가 달려갔을 때에는 이미 엉덩이 부분이 완전히 데여서 차마 눈뜨고 볼 수가 없었다.

아버지는 그날로 입원했지만 다시 일어나지는 못했다.

식구들의 귀염둥이였던 구식 난로는 그 때부터 천덕꾸러기 대접을 받았다. 나 역시 대청마루 한쪽에 놓인 그 난로를 보면 거대한 괴물처럼 느껴져 온몸이 오싹했다. 환자가 있는데 연탄난로를 피운 것에 대한 죄책감이 오랫동안 나를 놓아주지 않았다.

좋은 용도로 쓰이는 물건에 해를 입은 예는 이것뿐이 아니리라.

우리 집에는 선풍기가 없다. 아무리 덥더라도 부채만으로 여름을 난다. 딸아이가 막 걸음마를 시작하고 예쁜 짓이 몸에 밸 무렵, 그만 선풍기 망에 손가락이 걸려 큰 일을 당할 뻔했다. 그 이후로는 아무리 무더운 복더위라도 선풍기가 있었으면 좋겠다는 생각을 하지 않는다.

식칼만 해도 그렇다. 부엌에서 쓰는 식칼이 서너 개 있는데, 유독 그 중 하나를 꺼내 쓰기만 하면 어김없이 손끝을 베는 것이다. 몇 번을 그렇게 한 다음부터는 그 칼은 두 번 다시 쓰지 않았다.

이밖에 우리 집에서 나의 관심을 받지 못하는 물건은 한두 가지가 아니다. 한때 좋아했다가 어떤 계기가 있어 싫어지면 그때부터 차츰 잊혀져 가고 만다. 그러나 결코 잊혀져서는 안될 것이 있다.

바로 사람과의 정이다.

어머니는 사람은 물건이 아니기 때문에 상흔이 깊을수록 더욱 사랑하라고 한다. 내게 상처를 준 사람일지라도 사랑하라고 한다. 그 사람이 받은 마음의 상처가 깊다는 것을 알면 그렇게 할 수 있다는 이야기이다. 용서하는 것만이 상처를 치유할 수 있고, 바로 그 곳에서 사랑은 시작된다고 당부한다.

지금껏 살아오면서 내게 가장 큰 상처를 준 것은 구식 연탄 난로이다. 다행히 그 구식 난로는 사람이 아니기에 용서를 해야 할지 말아야 할지 고민할 필요가 없다. 어머니의 가르침을 어기지 않아서 좋고, 가슴에다가 미움을 품고 사는 사람이 아니어서 천만다행이다.

지금은 어느 구석에 쳐 박혀 있는지 잘 눈에 띄지 않지만, 그 많은 시간에 형제들을 한 자리로 모이게 하고, 갖가지 음식들을 만들어 먹던 구식 난로가 새삼 보고싶다. 요즘도 기쁘거나 슬펐던 옛일이 떠오를 때면 눈에 구식 난로를 보는 것 같아 마음이 아리다.

전화번호 수첩이 맺어 준 인연

5년 이상 사용하던 전화번호 수첩을 바꿔야겠다고 벼르다가 마침내 큰딸 아이를 시켜 정리했다. 외국으로 갔거나 이사한 사람, 직장이 바뀐 사람들의 전화번호를 깨끗하게 정리하고 나니 두꺼운 공책을 가득 메웠던 전화번호가 불과 몇 장으로 줄어들었다.

파도처럼 밀려왔다가 썰물처럼 만남과 동시에 떠나간 사람들, 기쁨과 행복과 슬픔을 안겨 주고 간 사람들, 모든 사람들이 내게 사랑을 가르쳐 준 사람들이었는데… 그러고 보니 왠지 서글퍼졌다. 많은 사람들이 내 곁을 떠나고 있다는 생각에 쓸쓸한 기분이 들었다.

전화번호부는 그리운 사람들만 모아 놓은 대합실이다. 그 속에 있는 사람들은 '기역, 니은, 디귿, 리을…'의 울타리 안에서 나를 기다리고 있다. 내가 찾아 주면 반갑게 웃음 지으면서 금방 튀어나올 것 같다. 언제 어느 때든 찾아만 주면 아무 조건 없이 반가운 낯으로 다가올 수 있는 사람들이었다.

그래서일까, 전화번호를 적어 놓은 공책의 무게는 우리 집의 무게

이며, 그 전화번호는 우리집에 행복과 슬픔을 열어주는 단추였다.

모든 사람들이 그러하듯이 전화번호를 쓰는 데도 특징이 있다.

비교적 큰 글씨로 적어 둔 전화번호일수록 자신의 행복이나 기쁨과 거리가 멀다. 가슴앓이로 깊이 묻어 둔 이들의 작은 전화번호일수록 그 애틋함이 더하다. 그들을 만나지는 않더라도 언제나 전화번호와 함께 먹고 자고 같이 살고 있기 때문이다.

얼른 알아보기 쉽도록 크게 쓴 숫자들은 대체로 의식주에 필요한 전화번호들이다. 슈퍼 가게, 야채 가게, 비디오점, 문방구, 만화가게 등은 대체로 크게 적어 놓은 전화번호에 속한다. 단체나 모임 등의 전화번호 역시 반듯하다.

하지만 사랑하는 사람의 연락처라면 한번만 들어도 머리에 쏙 들어오기에 애써 적을 필요가 없다. 가족의 연락처나 아이들 학교, 남편의 사무실 전화번호는 적혀 있지 않다. 간혹 갑자기 연락할 일이 생겨 전화를 걸려고 하면 막상 번호가 떠오르지 않아 허둥지둥 114 안내전화에 문의하는 희극을 치르기도 한다.

친정 집의 전화번호는 익히 알고 있어 실수가 없지만, 이사를 간 시댁의 전화번호는 적고 또 적는데도 외우지 못하고 있다. 아마도 사랑하는 마음이 적기 때문이리라.

전화번호 공책을 펴면 오랜 시간이 지나 퇴색한 번호가 있는가 하면, 아직도 낯선 번호들이 분주하게 활개치기도 한다. 하지만 새로운 전화번호는 언제나 희망을 꿈꿀 수 있어 싱그럽다.

그 동안 전화번호를 적어 놓은 공책을 쉽게 새 것으로 바꾸지 못하는 이유는 무엇이었을까. 세월 속에 묻힌 전화번호들이지만 언젠가 사용하게 될지도 모른다는 막연한 기대가 아니었을까. 어쩌면 비정하게 금방 내버리기도 싫고 서글펐던 추억들조차 추스리고 싶은 탓이었는지 모른다.

전화번호에는 얼굴이 있다. 내내 웃는 사람은 웃는 얼굴로, 찡그리기를 잘하는 사람은 찡그린 모습 그대로 보인다. 사랑스러운 사람은 사랑으로 떠오른다. 한때 추억을 만들었던 전화번호의 주인들은 지금 어디서 무엇을 하고 있을까.

나는 아직도 처녀 시절 쓰던 전화번호 수첩을 간직하고 있다.

그 수첩에는 내가 알고 지내던 남자들의 전화번호, 자주 다니던 카페의 전화번호들이 고스란히 살아 있다. 서랍 밑창에 숨겨 두고 가끔 들쳐 보곤 하는데, 그럴 때면 타임머신을 타고 과거로 돌아가듯 잠시 그 시절 그 시간에 젖곤 한다.

그날은 아침부터 미열이 있어서 하루쯤 쉬고 싶었다. 하지만 선임 승무원으로 방콕까지 비행해야만 하는 스케줄이 짜여져 있는 날이었다. 집에서 김포까지 가는데 온몸에 개미가 서너 마리 들어간 것처럼 스물 가렵기 시작했다. 거울을 꺼내 보니 귀신이 나를 보고 있는 것 같았다. 얼굴과 온몸에 두드러기가 일어나고 있었다.

아무래도 비행하는 건 무리라는 생각에 버스에서 내려 사무실에다가 전화를 걸었다. 다행히 비행 스케줄을 바꿀 수 있었다. 하지만 너무 서두는 바람에 그만 수첩을 공중전화 부스에다가 둔 채 그냥 집으로 돌아오고 말았다.

그 시절, 수첩은 내가 소유하고 있는 살림살이의 전부였다. 누군가 고마운 사람이 있어서 그 수첩을 돌려줄 것으로 믿었는데, 며칠이 지나도 아무런 연락이 없었다. 그러던 어느 날, 간단하게 쓴 엽서 한 장이 날아왔다.

　"귀하의 살림살이는 다양합니다. 몽땅 다 읽어보았는데 그 안에 나의 전화번호도 있군요. 아주 작고 희미하지만 말입니다…"

　그 순간, 우울하던 기분은 말끔히 사라지고 새 희망과 새 꿈이 찾아왔다. 내가 춥고 언 땅 위를 나르면 그도 따라 왔고, 열대 지방으로 비행하면 그도 그곳으로 날아와서 나를 위로해 주었다. 전화번호 수첩을 들추는 날이면 어김없이 그 시절의 추억들이 파도처럼 잔잔하게 되살아난다.

　그렇다면, 나는 과연 상대방의 전화번호부에 어떤 모습으로 비쳐질까. 평화로운 사람으로 그려지고 싶다. 그 평화는 일상의 아픔과 깊은 상처들을 사랑으로 껴안으며 살았기에 얻어지는 승리의 기쁨일 것이리라.

　세상은 벽돌을 한 장 한 장 쌓아올리는 거대한 건축 공사장 같다고 말하는 내게 바로 그 수첩을 전해 주었던 남편은 말한다.

　"공사장에서 일하는 일꾼의 아내답군."

　사람과 사람과의 만남을 이어주는 매개체 가운데 전화번호부 만한 것도 없을 것 같다. 우리 집에서 전화번호부 공책은 없어서는 안될 소중한 물건이다.

아내들이여, 부엌으로 돌아오라

　　일 년 만에 찾아온 친정 남동생에게 내가 한 첫마디는 "밥 먹었니? 배고프지, 상 차려 줄께"였다. 아이들이 학교에서 돌아와도 그렇고, 남편이 귀가해도 저녁 식사했는가를 먼저 묻는다. 끼니 때 누군가 손님이 찾아와도 "식사하셨어요?"라고 묻는다.

　　상대방 역시 마찬가지다. 아이들이 집에 돌아오면 제일 먼저 "엄마, 배고파, 밥 줘!"이고, 남편도 "여보, 저녁 먹지 않았어!"였다. 그야말로 우리 집 식구들은 내 얼굴을 보면 밥 생각부터 떠오르는 모양이다. 나 역시 마찬가지이니 피장파장인 셈이다.

　　남편이 아내를, 아이들이 엄마를 보고 밥 생각부터 떠올리는 이유는 무엇일까. 창조하는 힘과 참신한 먹거리를 늘 지니고 있기 때문이 아닐까. 음식을 만들고 가족들이 편안하며 안락하도록 보살펴 주는 여성이 곧 아내이자 엄마이다.

　　주부가 집에서 하는 일은 지극히 평범한 일이다. 그러면서 누군가 꼭 해야 할 일이기도 하다. 밥하고 설거지하고, 쓸고 닦고, 물건 정리하고 빨래하고, 수다 떨고…집안에서 하루종일 일해도 별로 한 것 없어 보이지만 반나절만 집을 비우면 금방 표시가 나는 일이 주부의 일이다.

말하자면, 주부는 무보수로 일하고 지극히 평범한 일을 하지만 바로 그 평범한 일이 우리 삶에 가장 소중한 부분을 차지하고 있다. 보람과 행복을 느끼는가 아닌가는 살림살이를 세상에서 가장 생산적이며 보람있는 일로 여기느냐, 아니면 할 수밖에 없다고 여기느냐에 달려 있다.

주부는 특히 자신의 씨앗인 어린 생명들이 착하게 클 수 있도록 기둥 노릇을 한다. 나무가 튼튼한 뿌리를 내리도록 해주는 역할과 같다. '덥냐, 춥냐, 배고프냐, 아프지 않느냐'는 일상적인 물음들은 엄마의 정이 담겨져 있기에 아이들 가슴에 와 닿는 것이다.

지극히 평범하고 일상적인 대화이지만 바로 그 대화를 통해 아이들은 올바른 인격이 형성되고 사랑과 애틋한 정을 배우게 된다. 주위에서 시샘이 많거나 이기심이 많은 아이들을 보면 대개 그 평범한 언어를 듣지 못하고 자란 아이들이다. 남에게 사랑을 베푼다는 것 역시 지극히 일상적인 것이기 때문이다.

살림살이도 그렇다. 설거지물의 소중함, 쌀뜨물의 이용, 야채를 데친 물의 아름다움, 그리고 더러운 걸레를 깨끗이 빨아 다시 사용하는 평범한 일상을 매일매일 반복하다 보면 집안 일에 숨어 있는 삶의 향기를 맡을 수 있고 생활 철학을 체험할 수 있다. 우리가 어른한테 배워야 하는 것 역시 오랜 삶의 체험에서 우러나오는 지혜의 샘에 물이 많이 고여 있기 때문이다.

나는 날마다 나 자신에게 이같은 평범한 일을 사랑해야 된다고 타이른다. 혹 너무나 평범하기에 특별한 만남이나 유별난 일을 무의식적으로 기대한 적은 없는지 반성해 보곤 한다.

물론 매일매일 해도 전혀 표시가 안 나는 이 구질구질한 일들을 걷어치우고 좀더 새롭고 신바람 나는 일을 하고 싶은 막연한 상념에 사로잡힐 때도 많았다.

지난 달인가, 막내 아이가 유행성 감기를 앓아 밤새 고열에 시달린 적이 있었다. 너무 힘든 나머지 내일 하루는 학교를 쉬라고 할 작정이었다.

죽을 끓이고 물수건으로 이마를 식히며 밤새 병간호를 하면서, 한 아이가 건강하게 매일매일 학교에 가는 것이 예삿일이 아님을 깨달았다.

그 동안 아이가 학교 가기 싫어하면 "남들이 다 하는 것을 넌 왜 못하니!"하고 윽박지르면서 학교 가는 일을 대수롭지 않게 여겼던 내가 한심스러웠다. 그 때부터 나는 세 아이가 차례차례 집을 나섰다가 무사히 돌아오는 것 자체를 감사하게 생각하고 있다.

평범한 일들이 나를 받쳐 주지 않았다면 아마도 이 책 역시 내지 못했을 것이다. 또 하루종일 일을 해도 전혀 표시가 나지 않아야지 만일 표시가 났다면 이 역시 나를 자만스러운 인간으로 만들었을 것이다.

가장 평범한 일을 할 때 인간은 가장 자연스러운 법이다. 살림살이하는 주부라면 늘 참고 견디는 아내의 모습보다는 너그럽고 자상한 엄마의 모습이 더 아름답지 않을까.

둘째 이야기

주부는 여자보다 아름답다

남편과 아이들을 뒷바라지하는
전업주부의 모습은 결코 초라하지 않다.
용감한 아내의 아름답고 당당한 모습이다.
아내가 있는 부엌은 아름답기에
아내여, 부엌으로 돌아가라고 권하고 싶다.

숟가락 팽개친 가시내였는데

집안 어른들이 쓰던 물건에는 멋과 향기가 있다. 나는 그 중 몇 개를 곁에 두고 틈날 때마다 만지작거리는데, 친정 아버지가 쓰던 시계와 만년필, 도장이 있고 시아버지의 파이프, 나침반, 카우스 버튼이 있다. 그 중 내가 가장 귀하게 여기는 것은 수저이다.

수저를 귀하게 여기는 데는 나름대로 이유가 있다. 우선 수저는 밥을 먹는 도구이다. 식욕은 본능이기 때문에 먹을 때는 누구나 내것을 평화롭고 즐거운 분위기에서 먹고 싶어한다. 또 먹는다는 것은 공동체 생활에서 무엇보다도 소중하다.

어느 집이든 먹는 시간만큼은 그 집의 정서와 문화가 꽃피며 '함께'라는 열매로 영글어 간다. 식구 가운데 누군가 숟가락을 식탁 위에 소리내어 놓거나 던진다면 그릇이 깨어지는 것보다 가슴이 더 아플 것이다.

사실 우리 집에서 내가 소유할 수 있는 물건은 수저뿐이다. 소공동체이니 만큼 그 밖의 것은 모두가 공동 사용이다. 비누도 같이 쓰고,

이불도 돌아가며 덮고, 차도 함께 탄다.

그러나 수저만은 오직 나만의 것이다. 옷이나 신발은 곧잘 물려받는데, 유독 수저만은 대물림이 없다. 형의 잠옷을 물려 입던 막내에게 "막내의 입이 커졌으니 형이 먹던 수저로 밥을 먹겠냐?"고 물었다가 혼쭐난 적이 있었다.

남편의 수저는 40년 전에 돌아가신 시아버지가 동료 판사들에게 선물로 받은 것이다. 뒷면에 '만수무강'이라는 글귀가 한자로 새겨져 있는데, 남편은 그 글귀답게 건강하다.

나 역시 처녀 때 어머니에게 생일 선물로 받은 것을 사용하고 있다. 시집 올 때 밉살스럽게도 악착같이 싸 들고 온 것이다. 30여 년 가까이 사용한 얄팍한 은붙이에 불과하지만, 어머니를 만나는 기분이 들어 귀하게 여긴다.

나는 아이들이 생일을 맞으면 수저를 선물한다. 새 바지를 사 입히듯 '수저 사 왔다!'하면서 내놓는 게 아니라 특별히 기념하고 싶은 날이면 수저를 선택한다. 큰딸에게는 중학교 입학 선물로 사주었는데, 초등학교 입학 때 사준 게 작아졌기 때문이다. 둘째 아이도 중학교 입학 선물로 새 것을 선물했다.

작아서 남아도는 수저를 볼 때면 아이들이 컸다는 것을 다시 한 번 실감한다. 수저만큼 아이들이 자라는 것을 가슴 진하게 느낄 수 있는 물건이 또 있을까.

작아진 수저들을 모아 두었다가 아이들이 어린 시절을 추억할 수 있는 특별한 선물로 주고 싶다. 시집을 가고 장가를 가는 날, 낡은 수저들을 보면 엄마의 심정을 이해할 것이라 믿으면서…

나는 친지나 웃어른들에게도 가끔 수저를 선물하곤 한다. 별달리 선물할 물건이 떠오르지 않을 때면 늘 수저를 택한다. 수저 뒷면에는 연도와 이름자를 새기는데, 고작 한두 번 기억되더라도 그 사람의 마음 안에 수수하게 남아 주기를 바라는 소박한 바램 때문이다.

얼마 전에는 첫딸을 분만한 둘째 아이 담임 선생님에게 수저를 선물했는데, 이유식을 하고 나면 쓸 수 있도록 청초한 보라빛 도라지꽃이 새겨진 작은 수저를 샀다. 또 작년에는 결혼한 남동생의 첫딸이 백일이어서 연분홍의 철쭉꽃 그림이 새겨진 수저를 선물했다.

수저를 선물 받고 기뻐하는 사람들의 모습을 보면 받는 이의 사심 없는 마음을 읽을 수가 있어 무척 기쁘다. 남의 기쁨에서 나의 기쁨을 찾는 것이야말로 작은 행복이라는 생각이 든다.

수저를 이야기하면 철딱서니 없던 어린 시절의 기억이 떠오른다. 사춘기 무렵이다. 어느 날, 식사를 하다가 무슨 심통이 났는지 순가락을 팽개치며 벌떡 일어난 일이 있었다. 그 후, 나는 한동안 내 숟가락으로 밥을 먹지 못했다. 아버지가 금지령을 내린 것이다.

밥 수저를 던지는 계집애는 평생 빌어 먹을 터이니 그 대가로 수저를 주지 말라는 것이었다. 아버지에게 잘못했다고 빌고 빌어 겨우 내 수저를 쓸 수 있었는데, 아버지는 틈만 나면 '수저를 팽개친 가시내'라고 놀려댄 기억이 새롭다.

우리 집 아이들은 엄마가 '수저를 팽개친 가시내'였다는 것을 잘 알고 있다. 아이들에게 음식을 먹는 도구를 귀하게 여기라고 잔소리할 때마다 해대는 단골 메뉴이기 때문이다. 그런 탓인지, 아이들은 식사하면서 어쩌다가 젓가락이라도 바닥에 떨어뜨리면 미안한 표정으로 얼른 집어든다.

어머니는 큰집에서 제사를 지낼 때면, 언제나 내 수저를 챙겨 주곤 했다. 큰집이니만치 수저는 많지만 어린 딸에게 맞는 수저가 없다는 걸 눈치챈 것이다. 혹 내가 웃어른들이 많은 앞에서 수저 타령이라도 할까 미리 배려한 어머니였다.

그 당시 나는 어머니에게 "엄마는 유별나다!"고 농담 삼아 말했지만, 내심으로는 딸의 수저를 챙겨 주는 어머니의 자상한 배려가 한없이 고마웠다.

주변에서 흔히 볼 수 있는 사소한 물건이지만 사용하는 사람에 따라 받는 의미가 달라진다. 헌 것이라도 아버지, 시아버지의 정과 체취가 묻어 있어 소중하다는 것을 어른들이 떠난 뒤에야 알게 되었다.

지금도 수저를 하나 하나 닦을 때면 남편과 아이들에게 못해 준 일들이 머리에 떠오른다.

도시락 편지를 써보세요

　　오늘도 나는 아이들에게 '도시락 편지'를 쓰고 있다.
'도시락 편지'를 처음 시작한 것은 엄마의 사랑을 전하기 위해서였다.
학교에서 엄마의 부드러운 목소리를 들을 수 있다면 힘이 나고 쾌활
해질 것 같아서 시작한 일이었다.

　아이들은 엄마 곁을 떠나서 생활하다가 힘든 일에 부딪히면 혼자
라는 생각 때문에 의기소침해지고 풀이 죽을지 모른다. 그럴 때, 엄마
가 곁에 있다고 느낀다면 그 하나만으로도 힘이 나고 행복해지지 않
을까.

　'도시락 편지'를 쓰기로 작정하고 막상 펜을 들었지만, 쉽지가 않
았다. 단순하게 생각했는데 예상보다 어려웠다. '사랑한다'는 말도 날
마다 들려줄 수는 없지 않은가. 더욱이 사랑한다는 말일수록 적절할
때 써야 효과적이다.

　이른 아침, 아이들이 일어나기 전에 식탁에 앉아 메모지를 대하면
우선 세 천사들의 사심없는 마음을 읽는 것 같다. 한 자 한 자 써 내

려갈 때마다 그 글이 아이들의 가슴에 새겨지는 것처럼 느껴진다. 메모하는 그 순간만은 더없이 진실해질 수 있었다. 엄마가 먼저 모범을 보이고 나서 아이들에게 요구할 수 있을테니 나 스스로를 반성해 보는 기회도 되었다.

무엇을 쓸까 고민하다가 아이들이 세상에 태어난 이야기부터 들려주는 게 좋을 것 같아 엄마와 아빠의 만남부터 시작했다. 엄마와 아빠가 만나 사랑하고 결혼한 이야기, 그래서 그 결실로 아이들이 이 세상에 태어났음을 썼다. 가족 공동체가 얼마나 소중한가를 일깨워 주고 싶어서였다.

내가 즐거우면 가족도 즐겁고, 내가 슬프면 가족 모두 슬프다는 것을 일상의 사소한 사건들을 통해서 느끼도록 했다. 그리하여 자기 자신을 자랑스럽게 느끼고 생활하도록 했다.

'도시락 편지'는 아이들이 일상에서 던지는 여러가지 궁금증을 풀어 주기에는 더할 나위없이 좋았다. 아이들은 일상에서 낯선 것을 대하면 여러 각도에서 의문을 던진다.

'왜?'라는 물음을 가장 많이 하는 아이가 큰녀석이다.

왜 공부를 해야 하나, 공부를 잘하면 왜 엄마가 기쁜가, 아빠와 엄마는 공부를 잘했나, 왜 학교를 계속 다녀야 하나 등등 물음이 연속된다. 그 물음들을 메모해 두었다가 '도시락 편지'에 하나씩 예를 들어 이야기해 주었다.

공부를 잘 하면 엄마가 기쁜데, 그렇다고 해서 성적이 우수해야 한다는 말은 아니라고 설명해 준다. 공부를 잘한다는 것과 성적이 우수하다는 것은 다르기 때문이다. '잘한다'는 말은 자신이 스스로 즐겁게 공부하는 것이라고 적어 주면 아이는 고개를 갸우뚱하면서도 미소를 짓는다. 그러면서 자기는 공부가 절대로 즐거운 일이 아니라고 덧붙인다.

사춘기를 맞고 있는 딸아이의 궁금증은 우리말이 왜 세계 공용어로 되지 못했는가에 관해서이다. 우리말과 한글은 과학적이고 우수한데 세계가 알아주지 않는 게 이상하다는 것이다.

막내는 역시 괴짜답다. 울다가 돌연 엄마를 불러 놓고는 눈물어린 눈으로 엄마에게 묻는다. 내가 지금 슬프니까 엄마도 슬프지 않느냐는 눈길이다.

그럴 때면 나는 웃는다. 엄마가 웃으니까 너도 행복하지 않느냐는 눈길을 보낸다. 엄마의 마음이 자기와 똑같이 한마음이라는 것을 확인하고 싶어하는 동심 꾸러기이다.

사람들은 우리 집 도시락이 특이하다고 말하지만 실은 밥상을 그대로 옮겨놓은 것에 불과하다. 오이장아찌 무침과 간장에 졸인 오이, 고추장에 절은 무, 그리고 남편의 술안주였던 가자미 식혜와 소금에 절인 후 삶은 계란, 두부 등을 도시락에 싸준다.

도시락 반찬을 위해서 별도로 요리책을 들여다 볼 여유도 없지만 집과 학교가 같은 연장선 위에 있다는 것을 은연중 알려주고 싶기 때문이기도 하다.

도시락을 싸면서 가장 신경쓰는 일이 가족의 건강이다.

우선 건강해야 책가방을 메고 걸어가도 힘이 날 것 아닌가. 건강하지 못하면 꿈을 꿀 수도 없다. 정직할 수도 없을 뿐더러 친구를 도와줄 수도 없는 노릇이다. 건강하면 웃음이 절로 나오고 숙제를 많이 내주는 선생님이 밉지 않을 것이다. 건강한 아이일수록 마음가짐도 아름답고 친구도 많다. 허약한 체질이라면 활동 범위도 좁고 매사에 짜증을 내기 쉽다.

도시락 반찬을 담을 때는 아이들의 식성을 고려한다.

큰 아이는 치즈나 기름진 고기류를 좋아하고 야채를 보면 고개를 설래설래 흔든다. 둘째 아이는 반대로 치즈를 싫어하고 야채와 쇠고기를 좋아한다. 그래서일까, 중학생의 키가 남편보다 머리 하나 만큼 더 크다.

엄마가 곁에 있다면 이것저것 골고루 먹으라고 타이르겠지만 밖에서 먹으니 맛있게 먹었는지 친구를 주고 오는지 알 수가 없다. 그저 먹었으리라 믿을 뿐이다. 그래서 도시락을 아이들에게 건네줄 때마다 한마디씩 한다. 물론 첫째와 둘째에게 해주는 말은 전혀 다르다. 막내 녀석에겐 사랑의 언어들이 톡톡 튀어 나온다.

'도시락 편지'는 아이들이 나를 좋은 엄마로 기억해 주기를 바라는 마음에서 시작한 일이었다. 또 이 편지를 통해서 아이들이 좀더 올바르게 자랐으면 기대한다. 다른 사람에게 배려할 줄 알고, 가진 것을 나누어주는 작은 선행을 실천할 때 자식을 잘 키운 엄마로서 뿌듯할 것이다.

65세에 소설가 된 어머니

　　내 어머니는 늦깎이 작가이다. 예순 다섯의 나이에 문단
에 등단했으니 늦어도 이만저만 늦은 게 아니다. 어머니는 아버지와
자식들을 뒷바라지하면서 늘 밥상을 끼고 글쓰기 연습에 몰두하곤 했
다. 지금도 내 눈에는 촛불을 켜고 새벽 무렵까지 사각사각 만년필
소리를 내며 글 쓰던 어머니 모습이 생생하다.

　어릴 때는 어머니의 그런 모습이 궁상맞은 것 같아 무척 싫었다.
내게 관심을 더 가져 주었으면 바랬고, 살림에만 정성을 쏟는 다른
어머니들이 부럽게 느껴졌다.

　어머니는 글을 쓰기 시작하면 상상 속의 어딘가로 날아가고 있는
듯한 표정을 짓곤 했다. 그곳은 내가 찾아갈 수 없는 어머니만의 비
밀 장소였다.

　무슨 말을 건네도 쉽게 알아듣지 못했으며 작업이 끝날 때까지 간
식조차 손대지 않았다. 때로는 그런 어머니의 모습이 참으로 행복해
보이기도 했다. 하지만 내가 어머니의 관심으로부터 소외되고 있는데

대한 서운한 마음이 앞섰던 것도 사실이다.

어머니를 이해할 수 있었던 것은 결혼을 하고 나서였다. 그리고 어머니의 권유로 소설을 쓰기 시작한 다음부터는 틈틈이 시간을 쪼개어 글을 쓰던 어머니의 노력과 정성이 얼마나 힘든 것인가를 공감할 수 있었다. 아마도 작가라는 길을 함께 가면서 느끼는 동병상련 때문일 것이다.

소설 원고를 신문사에 보낸 어머니는 발표 날짜를 손꼽아 기다렸다. 새벽마다 대문 앞을 서성이며 조간 신문을 기다렸다. 6개월이나 일 년에 한 번 주어지는 신춘문예 모집이지만 어머니는 마감일이 가까워 오면 일 년이 왜 그렇게 빨리 지나가는지 슬프다고까지 했다. 그럴 때 느끼는 뼈저리는 고독감이 오히려 소설을 계속 쓰게 하는 채찍이 되고 있노라고 했다.

그렇게 문학 수업을 한 지 35년, 그리고 아홉 번의 도전 끝에 어머니는 자신의 뜻을 이루었다. 그 나이에 뭘 할 수 있을까 생각하는 많은 여성들에게 귀감이 되었고, 하다가 중도에 포기하려는 사람들에게 희망과 용기를 안겨 주었다.

나도 마찬가지다. 글 쓰는 것을 힘들어 하는 내게 위로와 지혜를 가르쳐 주지 않았던들 나 역시 다른 방향으로 흘러 가고 있을지 모를 일이다.

13년 전의 일이다. 아이들이 얼추 기저귀를 떼고 이유식을 할 무렵, 보수도 괜찮고 일할 맛 나는 어느 직장에서 일해보지 않겠냐는 제의가 있었다. 큰딸이 세 살, 둘째가 두 살 때였다.

집안 일에서 해방될 수 있다는 생각에 가슴이 설레이고 있었는데, 어머니가 불쑥 찾아왔다. 놀랍게도 어머니는 내가 취직하는 것을 반대했다. 이유는 간단했다. 남의 회사를 위하기보다는 나 자신과 가족을 위해 일하라는 이야기이다. 그리고는 소설을 쓰도록 권했다.

그날 저녁에 어머니를 배웅하고 돌아오면서 문득 소설 줄거리가 떠올랐고 원고지에 옮겨야겠다는 욕망을 느꼈다. 붉게 타오르는 석양의 하늘 끝을 붙잡으며 주인공을 가슴으로 그려 보았다. 그리고 지금은 소설가가 되어 있다.

지금도 나는 글을 쓰다가 미심쩍으면 어머니에게 전화하거나 직접 찾아가 묻곤 한다. 그럴 때마다 물어 볼 사람 하나 없었던 어머니는 얼마나 힘들었을까 싶어 마음이 안쓰럽다. 그때는 가족들조차 어머니의 어려움을 이해해 주지 않았다.

나 역시 한 차례 신춘문예에 떨어져 실의에 빠진 적이 있었다. 모녀 간에 닮은 점이 많았던 모양이다. 그럴 때면 어머니는 자신의 낙선 경험을 이야기해 주면서 내게 용기를 불어넣어 주곤 했다. 사실 내가 글을 쓰는 것이나 환경 문제에 관심을 기울이는 것도 어머니로부터 영향을 받았기 때문이다. 어려서부터 어머니의 삶을 보고 크면서 터득한 것들이다.

특히 어머니의 환경보호 운동은 철저하게 일상생활 속에서 실천되고 있다. 예컨대, 어머니는 지금까지도 세제를 쓰지 않는다. 머리를 감을 때도 비누로 하고, 야채를 데치고 난 물은 버리지 않았다가 린스를 대신하여 헹군다.

한때 나는 그런 어머니를 '구닥다리 여자'라고 생각한 적도 있었다. 하지만 비행기 승무원으로 외국을 드나들면서, 선진 국가의 많은 주부들이 어머니가 평소 생활하는 그대로 실천하는 것을 보고는 잘못 알고 있음을 깨달았다. 시간을 쉽게 절약하는 일보다 어렵고 다소 절차가 요구되더라도 그 과정을 즐기는 선진 국가 여성들의 '기다릴 줄 아는 미덕'에 매료된 것이다.

이렇듯 강한 어머니의 오늘을 있게 한 것은 다름 아닌 기도였다. 기도는 어머니에게 강한 정신력을 얻을 수 있는 근원이며 평범한 일상을 지탱케 해준 자존심이었다.

어릴 적, 어머니가 숙연히 기도하는 모습을 보면 괜히 내가 우쭐해지는 것 같았다. 그런 어머니의 모습이 자랑스럽고 부럽기까지 했다. 결국 나는 어머니와의 만남을 통해 여자로서 주부로서 갖추어야 할 자질을 배웠고 부엌에서 글을 쓰는 주부가 된 것이다.

기저귀 찬 아버지의 죽음

　　　　결혼한 지 한두 해 지난 집을 방문하면 제일 먼저 눈에 띠는 게 베란다에 널린 기저귀이다. 일회용 기저귀를 쓰는 사람이 늘어가는 세상인지라, 옛날 기저귀를 보는 경우가 드물다. 하지만 기저귀를 널어놓은 집에서는 반드시 따뜻한 정감을 맛볼 수 있다.

　나는 기저귀만 보면 어김없이 아버지 생각이 떠오른다. 아버지 연배에 기저귀가 웬 말이냐고 하겠지만, 아버지는 병으로 세상을 떠나시기 직전까지 기저귀를 차고 있었다. 대소변을 일일이 받아 내야 했기 때문이었다.

　11년 전, 막내를 낳고 나서였다. 그때 나는 친정에 있었는데, 당시 아버지는 삶의 막바지 길을 헤매고 있었다. 어머니가 계셨지만, 몸조리하는 딸을 수발하느라 제대로 남편을 살필 겨를이 없었다.

　대소변을 제대로 가리지 못하는 아버지를 병간호하려면 빨래감이 이만저만이 아니었다. 그것을 매일 빨고 삶는 일은 무척 벅찼다. 나는 아버지에게 종이 기저귀를 채워 드렸다.

내 자식은 면 기저귀를 채우면서 아버지한테는 종이 기저귀를 드린 게 지금도 아픔으로 남아 있다. 아버지의 불편을 조금이라도 생각했다면 그렇게 '나 혼자 편하자'는 생각은 안했을텐데….

막내를 낳은 지 20여 일 만에 아버지는 돌아가셨다.

나는 아버지의 헌 기저귀를 내 자식의 것처럼 재빠르게 새것으로 갈아 드리지 못했다. 그리고 아버지의 대소변을 치우는 일이 왠지 꺼림칙해서 이 핑계, 저 핑계로 '나 몰라라' 했다.

자식의 기저귀는 맨손으로 만지면서도 눈살 하나 찌푸리지 않은 채 빨고 삶고 호들갑을 떨었는데, 부모에게는 그렇게 인색하다니…. 자식에게 바치는 정성의 십분의 일만 했어도 지금처럼 마음이 불편하지는 않았을 것이다.

요즘에 나오는 종이 기저귀는 내가 썼던 것보다 질도 좋고 값도 싸다. 거의 외제품이 대부분이고 값도 비싸서 멀리 나들이를 가거나 피치 못할 때 사용했던 80년대와는 전혀 다르다. 나는 돈도 없었지만 종이 기저귀를 쓰면 아기 사타구니가 곧잘 헐어서 거의 쓰지 않았다.

첫째와 둘째를 연년생으로 낳자, 산더미같이 쌓인 기저귀를 쳐다보면 입맛이 싹 가셨다. 두 녀석의 기저귀를 하루에도 몇 번씩 갈아대려면 마당 한 귀퉁이의 우물가에서부터 대문까지 빨래줄을 세 줄씩 쳐야만 했다. 아침에 널은 기저귀를 낮에 걷기 무섭게 또 한 무더기의 기저귀를 널어야 했다.

시간을 아깝게만 생각하던 철없던 노처녀가 뒤늦게 결혼해서 혼자 가슴앓이 하는 삶의 나날이었다.

하지만 돌이 갓 지난 딸애를 등에 업고 기저귀를 널다가 벽에 기대어 틈틈이 계란 노란자위 같은 빛에 쌓이면 마음이 그렇게 평화로울 수가 없었다. 업혀 있는 아이도 까르르 웃곤 했다. 특히 그 웃음소리가 나의 온몸에 전해질 때면 '이게 행복이로구나' 했다. 빨래비누로 삶는 기저귀가 바람에 날리면 알키한 그 냄새도 싫지 않았다.

기저귀는 내게 행복과 아쉬움을 동시에 연상시켜 준다. 병석에 누워 있던 아버지의 마지막 삶에 소홀했기에 기저귀를 볼 때마다 늘 불효를 저질렀다는 죄책감을 떨굴 수가 없다.

제 아무리 하늘까지 치솟는 효심일지라도 부모의 은공에는 터무니없는 보답일 것이다. 높은 곳에서 낮은 곳으로 물이 흐르듯 자식 사랑은 아래로 흘러가는 것일까.

자식을 길러 보니 부모의 깊은 마음을 뒤늦게나마 깨닫게 된다.

그럴수록 부모 앞에서는 언제나 '미숙아'인 나 자신이 서글퍼진다.

부모의 사랑은 뒤늦게 깨닫기에 후회하고, 자식 사랑은 미리 주기에 미련이 없는 것일까.

　나의 마지막 삶이 어떤 모습일지 걱정은 되지만, 그럴수록 늘 겸손
하게 살도록 노력해야겠다고 다짐해 본다.

　특히 내가 늙어 어떤 모습이 될 것을 미리 생각하다 보면 저절로
절제된 행동을 할 수 있게 된다. 그것이 가끔 잘못했다고 생각되었을
때 일부러 아버지의 기저귀를 떠올리는 까닭이다.

엄마, 나는 참 슬퍼요

일요일에 모처럼 야외로 나가서 점심을 먹자고 의견을 모았다. 간편한 차림으로 차에 올랐다. 아이들은 신이 났는지 제각기 한마디씩 해댔다. 재잘거리는 소리를 듣던 남편이 아이들에게 물었다.

"너희들은 언제 가장 행복하니? 아빠는 지금 이 순간인데…"

큰딸이 먼저 아빠의 말을 받는다.

"잡지를 들여다 보거나 음악 들을 때가 제일 행복해요 입에 아이스크림이 있으면 더욱 캡이죠"

둘째 녀석이 말을 잇는다.

"나는 먹고 싶은 고기를 배불리 먹을 때가 제일 좋더라."

차 안이 한바탕 웃음으로 들썩거렸다. 막내 녀석도 지지 않으려고 한마디 거들었다.

"난 잠잘 때가 제일 좋아요 엄마도 만나고, 축구왕이 될 수도 있고, 새처럼 날아다니기도 해요 고기떼처럼 깊은 바다도 헤엄칠 수 있어 좋아요."

내가 답할 차례였다.

"엄마는 만나고 싶은 사람을 만날 때, 또 하고 싶은 일에 빠져 있을 때가 제일 행복해."

순간, 남편이 큰 소리로 웃었다. 중년의 아줌마답지 않는 소녀 같은 표정이 남편을 웃긴 모양이다.

"그럼, 당신은 나만 보면 행복하겠네. 내 옆에서 글을 쓰면 더 행복할테고"

남편의 말에 나는 눈을 흘겼다.

아이들은 재미있는 듯 키득거리며 웃는다.

"아빠는 지금 이 순간이 정말 행복한데, 왜들 마음이 다 다른지 모르겠네?"

남편은 한 가족인데도 행복을 느끼는 순간이 제각기 다른 것이 이해할 수 없는 모양이다.

어렸을 적에 느끼는 행복은 단순했다. 욕망이 채워지면 행복했다. 욕망과 소유가 일치하는 지점, 그것이 유년 시절의 행복이었다. 성년의 행복도 크게 다르지 않았다.

하지만 성년의 행복은 행복하다는 사실에만 그쳐서는 곤란할 것 같다. 너나없이 자기 욕망을 채우는데 급급하다면 이 세상을 살아가는 일이 그 얼마나 고달플 것인가.

나눌수록 커지는 행복도 생각해 보자. 예컨대, 배고파하는 동생에게 서슴없이 자기가 가진 음식을 나누어주는 형의 마음 씀씀이 말이다. 주고받는 이의 마음이 같을 테니 그 기쁨은 두 배가 될 것이다.

사람은 이기심에서 벗어나 서로 나누며 살아갈 때 행복의 문에 다가선다. 때문에 아무것도 계산하지 않는 어린 시절의 행복은 단순해 보이지만 더할 나위없이 행복해 보인다. 단순해질수록 행복해지는 모양이다. 때문에 나는 우리 집에서 막내 아이가 가장 행복한 줄 믿고 있었다.

그런데 어느 날 막내 녀석이 "엄마, 나는 참 슬퍼요"하여 무척 놀랐다. 토끼눈을 뜬 내게 녀석이 해준 말이 걸작이다.

"난 누나보다 형보다 5년이나 엄마를 덜 보잖아요. 엄마가 안 계시면 슬퍼요. 나를 첫번째로 낳을 일이지, 막내로 낳아서…."

그 말을 듣는 순간, 문득 어머니에 대한 그리움에 밀려왔다.

나와 친정의 막내 동생과는 스무 살 차이가 난다. 말하자면 나는 그 애보다 어머니를 20년 더 만날 수 있고, 어머니가 세상을 떠나면 막내는 나보다 어머니를 20년이나 덜 보게 되는 셈이다. 그래서일까, 나는 평소에 그 애가 몹시 측은했다.

얼마 전, 막내 동생이 장가를 갔다. 축하해 주어야 한다는 마음과 함께 측은하다는 마음이 수그러들어 다행이라는 생각도 들었다.

진정한 행복은 각자의 마음 안에 존재하는 것이다.

남에게 봉사하고 싶은 마음도 바로 내 안에서부터 싹트는 것이다. 작은 것에서 행복을 느끼는 사람이야말로 항상 행복에 젖어 살 수 있지 않을까. 내가 부엌데기로서 행복을 느끼는 것도 바로 이런 이유에서이다.

영혼을 세탁하는 '3분 세차장'

　　　　남편은 집에서 자동차를 세차하는 것을 매우 귀찮아한다. 차는 신발과 같아 더럽고 지저분한 것이 제격이라는 게 그 이유인데, 깨끗하게 닦은 차를 보면 왠지 기분이 나쁘단다.

　공휴일 날, 아파트 주차장에서 이른 아침부터 아낙네가 고무장갑을 낀 채 물걸레질로 자동차를 세차하는 모습이 눈에 띄면 어김없이 한마디 한다. 그 덕택에 나는 여태껏 자동차 닦는 일만큼은 별로 하지 않았다.

　차가 너무 더러우면 3분 걸린다는 세차장을 이용하는데, 그럴 때마다 나는 사람의 영혼을 세탁해 주는 기계는 없을까 생각해 본다. 특히 3분 동안 차 안에 갇혀 있다가 풀려날 때엔 갓 태어난 아기처럼 맑고 순수한 영혼으로 세탁된 느낌을 갖고 싶다. 실제로 내 영혼이 세탁되지는 않더라도 그렇게 생각하고 나면 뒤숭숭했던 마음이 한결 가라앉을 때가 많다.

　특별히 언짢고 창피스럽고 후회스러웠던 일들이 자동차의 온갖 먼지와 함께 씻어지는 것 같다. 사랑과 미움, 우울함과 권태로움을 불러왔던 일은 물론이고, 나의 어리석음으로 해서 더욱 꼬인 사건의 매듭이 3분 후에는 풀려서 전혀 새로운 탄생의 의미로 다가와 주는 것 같다.

차가 물세례를 받으면서 들어가고, 비누 가루가 나오고, 거품이 생기고, 먼지와 흙탕물로 더럽혀진 차가 닦여지는 동안 나의 부족하고 아쉬웠던 과거 역시 차와 함께 말끔히 씻기고 싶다. 그리하여 세찬 물줄기가 쏟아지고 차창이 투명하게 내비칠 때면 애증으로 들끓던 내 마음도 말끔히 씻겨서 차분하게 가라앉는다.

세차장을 나설 때면 내 마음은 목욕한 것처럼 언제나 상쾌하다.

하지만 아이들은 다르다.

아이들은 거듭 태어난다느니 반성한다느니 하는 의미를 부여하지 않아도 맑은 영혼을 갖고 있다. 다만 차 안에서 세차를 즐길 뿐이다.

그러기에 나는 아이들과 함께 세차장에 들어설 때마다 티없이 순수한 심성으로 나에게 순수함과 단순함을 일깨워 주는 아이들이 고맙게 느껴진다. 아이들은 엄마의 특별한 선생님이다.

글 쓰는 부엌의 향기

명색이 작가인데도 우리 집 서재는 장터를 방불케 한다. 남편과 아이들의 떠드는 소리, 웃음소리, 기침소리, 그리고 달그락거리는 숟가락과 젓가락 소리가 늘 한데 어울리는 장터이다. 하긴 식탁과 책상이 나란히 있고 소형 오디오가 마주보고 있기 때문에 어찌보면 국밥을 파는 주막집 같기도 하고 돈까스나 햄버거를 만드는 편이점 같기도 하다. 때로는 베토벤의 '황제 교향곡'을 감상하는 카페 같기도 하다.

부엌이 서재이고 서재가 부엌이다 보니 어느 용도가 진짜 용도인지 분간이 안 갈 때도 있다. 하지만 이 곳에서 나는 열다섯 해 동안 글을 쓰고 살림을 해왔다.

원고지 한 칸이라도 메우려면 고요한 분위기와 따끈한 차, 그리고 음악이 있어야 한다는 친구도 있고, 전화 메시지를 틀어 놓은 후에야 마음이 열려 글귀가 잡힌다는 친구도 있다.

나 역시 처음에는 소음 때문에 무척 힘들었다.

하지만 개구리가 자신을 보호하기 위해 색깔을 바꾸듯이 요즘에는 너무나 조용해도 글을 쓰지 못한다. 인간은 환경의 동물이라는 말이 맞는가 보다. 주어진 환경에 길들여지다 보니 이젠 보글거리는 찌게 소리와 달그락거리는 그릇소리, 그리고 왁자지껄한 아이들의 말소리가 청량제 역할을 한다. 행복하냐 불행하냐는 마음먹기 달렸다는 진리가 새삼 마음에 와 닿는다.

이곳에서 나는 손님을 맞고 대화하며 아침마다 아이들 도시락 편지를 쓴다. 간식을 만들고 찌게를 끓이며 나물을 볶는다. 친구와 전화로 수다를 떨다가 마감 시간을 넘기지 않으려고 원고지와 씨름하기도 한다.

가끔 생각이 막힐 때면 부엌 한 귀퉁이를 지키는 전기밥통과 낡은 그릇들, 사랑했던 사람들이 두고 간 담배 몇 개피, 또 자질구레한 소품들과 벽에 걸어 놓은 그림들을 쳐다보면서 마음의 평정을 얻는다.

사계절 일렁이는 바람 속에 넘나드는 베란다 밖 나뭇가지의 움직임들도 빠뜨릴 수 없는 구경거리이다. 한 여름이면 장대비에 눅눅해진 마음을 말릴 수 있고, 별을 삼켜 버린 칠흙같은 밤, 그리고 따가운 햇살과 싱그러운 들꽃의 촉촉한 향기까지 죄다 소리쳐 불러 모을 수 있다.

부엌을 서재로 만든 것은 아이들의 아이디어였다. 학교 공부를 파하고 집으로 돌아온 아이가 현관에 책가방을 내동댕이치며 "엄마!" 외치면서 찾는 곳이 부엌이었다.

남편 역시 집안에 들어와 부엌쪽으로 발길을 돌리고 우리집을 찾아오는 이웃 아낙네도 마찬가지라서 아예 부엌을 서재로, 거실로 만든 것이다. 그때부터 우리집 부엌은 음악과 책과 음식이 어우러진 장터가 되고 말았다.

이곳에 있으면 무엇보다도 나의 일상이 가장 소중하게 다가온다. 원래 별나고 유난스러운 것보다는 일상적이고 평범한 것을 좋아하는 성격인지라 우리집에는 새것보다는 손때 묻은 낡은 것 투성이다. 때문에 새것으로 바꾸라는 이야기도 많이 듣는다.

그러나 그 사소한 소품들을 매일 대하다 보니 따분하다는 생각보다는 친숙한 느낌이 앞선다. 사소한 일인데도 함께 있어 주는 연인에게 더욱 사랑을 느끼는 게 여자의 마음이 아닌가. 하찮다고 여겨지는 일상적인 삶에서 소중한 의미를 발견하려는 내가 미련한 것일까, 아니면 현명한 것일까?

비록 하루살이지만 사는 순간만은 기쁘게 살고 싶다는 하루살이의 진리를 터득하고 싶다. 적어도 나는 한동안 이곳에서 썩고 싶다.

아빠가 담근 김치맛

"엄마! 오늘은 엄마가 밥 푸는 당번이에요 저번처럼 깜빡 잊으면 안돼요! 시간 맞춰 꼭 오세요!"

막내 녀석은 학교에 가기 전에 몇 번이고 되풀이했다.

막내가 다니는 초등학교는 학교에서 급식을 한다. 그 덕택에 나는 두 아이의 도시락만 싸고 막내에게는 물통에다 수저만 챙겨 준다. 하지만 두 달에 한 번 정도 엄마들이 학교에서 식사를 챙겨 주고 식당 청소를 하게끔 되어 있다.

바로 오늘이 내 당번이니 엄마에게 잊지 말라고 다짐한 것이다.

아이들 식사 쟁반을 챙기는 어머니들은 밥을 퍼 줄 때마다 '이것 먹어야 코피가 안 난다' '저것 먹어야 키가 커진다'면서 타이른다. 그런데 부식으로 햄이나 소시지가 나오는 날이면 밥이 턱없이 모자라지만 나물류가 나오면 늘 밥과 국이 남곤 한다. 저학년일수록 김치를 주면 고개를 설레설레 흔들며 안 먹겠다고 우긴다. 맛이 없고 맵기만 해서 물만 많이 먹게 된다고 투덜대는 것이다.

입맛이 점점 서구화되어 우리 고유의 맛을 잃어 가고 있는 것이다. 누구의 책임이든지 간에 주부인 나로서는 걱정이 앞선다.

텔레비전을 보면 서양 음식을 5분에 한 번 꼴로 선전하는 것 같다. 햄버거, 피자, 스파게티 등 온갖 선전이 하루에도 수십 번씩 아이들의 눈을 유혹하고 있다. 이런 서양 음식 때문에 아이들이 김치를 싫어하는 것일까. 맛있는 김치를 먹어 보지 못한 탓은 아닐까.

김치는 그야말로 손끝의 정성에 따라 그 맛이 엄청나게 달라지는 우리의 전통 음식이다. 그러나 신세대 엄마들은 김치를 정성들여 담기보다는 파는 김치를 사다 먹는 것을 즐긴다. 김치를 담그는데 정성이 덜 들어갔으니 그 맛이 제대로 날 리가 없다.

김치는 정성도 중요하지만 만드는 시간 역시 값지다. 배추를 소금에 절이고 씻고, 그리고 나서 속을 버무려 넣고 익히는 절차가 까다롭고 신경이 쓰인다. 때문에 슈퍼에서 사거나 주문해 먹는 쪽이 더 효율적이라는 의견도 있다.

우리 사회에서 김치가 젊은 세대로부터 홀대받고 있는 것과는 달리, 이웃 일본에서는 김치 문화가 꽃을 피운다는 소식이 들린다. 가슴 하나를 빼앗긴 기분이 든다.

몇 년 동안 일본에서 살았던 이웃집 아낙네는 일본 어린이들이 김치를 좋아하여 김치가 일본 고유의 음식인 줄 알고 있는 어린이도 많다고 흥분하기도 했다.

다른 나라에서도 일본에서 만든 김치를 일본의 고유의 음식인 줄 착각하기도 한다는 소식을 신문에서 읽을 때면, 이젠 김치까지 도둑맞는 게 아닌가 싶어 걱정이 앞선다.

김치를 살리는 묘책은 없을까?

집에서 김치를 담그는 날은 식구들이 모여 앉아 공동의 작업을 하면 어떨까 생각해 본다. 아빠는 마늘을 까고 아이들은 배추나 무 등 김칫거리를 다듬고, 엄마는 절이는 일을 한다면 그 김치에는 가족 모두의 정성이 들어가 무척 맛있을 것이라 생각된다.

종류 또한 배추 김치, 깍두기 김치, 열무 김치 등 다양하게 담근다면 우리의 '김치 문화'는 자연스럽게 이어질 것이다. 아이들에게 주는 교육적 효과도 크지 않을까 싶다.

언젠가부터 나는 나만의 비밀스런 방법으로 김치를 담그기 시작했다. 오늘도 김칫거리를 사다가 절인 후 배를 갈고 감자를 으깨면서 나만의 맛을 만들려고 애를 썼다.

엄마가 힘들여 김치 담그는 것을 지켜보던 큰딸이 대뜸 초를 친다.

"엄마, 요즘 우리 집 김치맛이 존나 갔어!"

나는 배, 감자, 양파 등 맛있는 것만 골라 넣었는데 맛이 없을 리 없다고 하자 큰딸은 한술 더 떴다.

"김치를 담글 때 너무 못살게 굴면 김치가 치를 떨며 맛을 잃는대잖아요. 우리 가사 선생님이 말씀하시는데, 그냥 필요한 양념만 달랑 넣는 게 담백하고 맛이 있대요."

그날, 나는 찹쌀풀에 감자를 찌고 배와 양파를 강판에다 갈던 것을 집어 치우고 딸애가 말하는 대로 평범하게 담았다. 식구들은 어디서 얻어 온 김치인데 이렇게 맛이 있냐면서 한마디씩 한다. 기분이 약간 상했지만, 그래도 내 나름대로 김치 담그는 비법에 긍지를 갖고 있다고 자부하고 싶으니 이게 여자 마음일까.

　며칠 전, 결혼 기념일이어서 남편과 밖에서 저녁 식사를 했는데, 결혼 선물로 김치를 담가 주고 싶다고 제안하는 것이었다. 이게 웬 떡이냐 싶어 남편이 김치를 담그도록 했다. 남편 말대로 양념과 젓갈의 양만 조절해 주었다.

　이튿날, 아빠가 담근 김치를 맛보고 싶은 사람은 손을 들라고 했더니 모두들 좋아라 손을 드는 것이었다. 김치를 먹은 아이들은 엄마가 담근 김치보다 훨씬 맛난다면서 남편의 손맛을 침이 마르게 칭찬해 댔다. 약간은 서운했지만 아이들 입맛을 돋구는 방법으로 활용하면 되겠다 싶어 위안이 되었다.

열쇠꾸러미 없는 즐거움

　　　　허리춤에다가 자동차 키를 매달고 다니는 사람들이 많
다. 열쇠꾸러미를 차고 다니는 사람들도 적지 않다. 현관 열쇠조차 갖
고 다니지 않는 나로서는 그런 사람을 볼 때마다 가슴이 답답해진다.
암울했던 시절이 생각나기 때문이다. 그 암울했던 시절이란 바로 시
집살이였다.

　시댁은 열쇠가 많았다. 장농 칸칸마다 열쇠가 있었고, 심지어 트렁
크까지 열쇠로 열어야만 했다. 열쇠꾸러미만 해도 몇 다발이었다. 그
때는 잃어버리는 물건이 많았다. 밍크 목도리, 악어 손가방, 금시계
등 대부분 시어른의 것들이었다.

　그럴 때면 나는 물건이 나타날 때까지 우울하고 심란한 마음으로
숨을 죽이고 지내야만 했다. 나중에 찾기는 했지만 물건들을 찾는 과
정에서 여러 사람들의 마음을 다치게 했다.

　열쇠를 사용하면 잃어버리는 물건이 덩달아 생긴다. 물건에 집착하
기 때문에 찾고 있는 것이 나타나지 않는다면 그만큼 당혹하기 마련

이다. 무엇이든지 잠긴 것은 열쇠로 열어야 한다. 그리고 마음이 다치거나 상처를 받았다면 반드시 치유가 되어야만 일상 생활과 화해할 수 있다.

애당초 열쇠라는 물건은 인간의 소유욕 때문에 생긴 물건이다. 때문에 한 가족이 함께 생활하는 집에서 방마다 열쇠가 있어야 드나든다면 그것은 식구들끼리도 믿을 수 없다는 불신의 그림자가 깔려 있다는 말이 된다.

아이들은 사춘기에 접어들자 방문을 잠그기 시작했다. 하지 않던 짓거리여서 불쾌감과 당혹감, 아니 배신감마저 느꼈다. 엄마에게까지 비밀로 해야 될 게 무엇이 있을까 싶어 화가 치밀어 볼멘 소리로 아이들에게 따지기도 했다.

흔히 아이들이 방문을 잠그고 전화를 거는 것은 하나의 성장 과정쯤으로 여기는 사람들이 많다. 하지만 내 생각은 다르다. 가족들끼리 비밀을 쌓아가면 가정은 합숙소나 대합실 구실밖에 못한다고 믿는다.

요즘에는 아내와 남편의 장롱 서랍이 잠겨 있고 자녀들이 부부방에 못 들어오도록 문을 잠그는 가정이 많다. 아이들의 책상 서랍이나 일기장, 컴퓨터, 사물함 등도 잠겨 있다. 다른 사람으로부터 방해를 받고 싶지 않다는 증거이리라. 결국 부모의 소지품을 감추고 잠그는 행동은 아이들을 불신한다는 뜻이 아닐까.

물건을 인간의 마음보다 더 아끼고 있다는 의미, 다른 사람으로부터 간섭받지도 않고 기대조차 하지 않겠다는 마음이 무의식적으로 표현되는 것이나 다름없다고 생각한다.

결혼하기 전, 아버지는 열쇠를 모르고 살았고 어머니 또한 그랬기 때문에 나 역시 열쇠의 필요성을 느끼지 못했다. 직장 생활을 하면서 한 번 출장을 가면 보통 일 주일이고 보름이 걸리거나 한 달 가량 될 때도 많은데, 가족들에게 내 방과 소지품을 감춰야 한다는 생각은 전혀 하지 못했다. 오히려 청소만 깨끗이 해주기를 바랬을 뿐이었다.

내가 열쇠꾸러미를 갖고 다니지 않는 이유는 어쩌면 헤프고 덜렁대는 여자이기 때문일지 모른다. 남편은 물건을 챙기거나 아끼지 않는다고 가끔 핀잔을 준다. 하지만, 아직까지 동전이나 푼돈을 넣어두는 부엌 지갑을 잃어버린 적은 없다.

흔히 경험하는 일이지만, 길거리에서 볼일을 보려고 빌딩에 들어가면 화장실이 잠겨 있곤 한다. 카페나 음식점도 상당수 예외는 아니어서 주인에게 열쇠가 어디 있느냐고 물어야 한다.

언젠가 화장실을 왜 잠그냐고 주인에게 물었다. 거리에 다니는 사람들이 들어와서 더럽게 사용하면 귀찮기 때문에 그렇게 한다는 답이었다. 자기네와 별로 관련이 없는 사람들의 치다꺼리를 하는 시간이 억울하기 짝이 없다는 이야기이다.

그 말을 들을 때, 네덜란드의 수도 암스테르담 근처에 있는 찻집 화장실이 떠올랐다. 화장실 안쪽 문에 "편안했습니까? 또 찾아 주십시오 당신의 공간입니다"라고 쓰여 있었다. 별 것 아니지만 짧은 시간에 모두가 유쾌하게 사용한다는 공동의식이 돋보였다.

우리는 어떤가. 찻집에서 차를 팔아 준 사람 외에는 화장실을 절대로 사용해서는 안된다. 화장실의 열쇠꾸러미를 가지고 들어갔다가 다시 잠그고 나올 때는 참으로 쓸쓸하다.

나날이 개인주의로 흐르는 그것은 어쩌면 가정에서부터 내 물건, 내 것을 구별짓고 살기 때문이 아닐까.

"누가 내 치약 썼어!"

"누구야! 내 빵을 잘라 먹은 사람!"

"누가 들어와서 엄마 장을 열었지? 셔츠가 없어졌잖아! 비싼 물건이란 말야, 내 매니큐어?"

이런 식의 대화가 집안에서 오고 간다면 그곳은 가정이 아니라 범인을 취조하는 경찰서이고 벌을 주는 재판소나 다름없다.

나는 가급적 "나눠 먹자, 같이 쓰자, 비싼 물건은 아끼자"고 아이들에게 타이른다. 힘들고 어렵지만 서로 마음을 열고 믿고 살아야 하지 않겠는가.

식탁보를 바꾸는 날

그렇게 쪼들리는 살림은 아니지만 우리 집 식탁에는 유리가 깔려 있지 않다. 그냥 식탁보만 덮여 있다. 아직 아이들이 어리기에 식탁보는 여러 가지로 쓸모가 많다. 밥을 먹다가 컵이나 그릇이 미끄러질 염려도 없고 물을 쏟아도 금방 물이 스며들어 행주질을 하지 않아도 된다. 또 수저가 달그락거리는 소리가 나지 않아서 좋다.

식탁보를 새것으로 바꿔 깔면 마음이 퍽 안정된다. 모든 게 정리된 것 같아 편안해진다. 특히 새 식탁보를 깔고 아이들 도시락을 싸고 도시락 편지를 넣는 날이면 파란 가을 하늘을 쳐다보는 것처럼 상큼한 맛이 느껴진다.

나는 식탁을 볼 때마다 왠지 미사를 드리는 성당의 제대가 연상된다. 식탁은 깨끗하게 정돈된 엄숙한 제대이기에 가정 역시 작은 성당이라는 생각을 지울 수 없다. 그렇게 생각하면 집안이 그토록 소중하게 다가온다.

남편과 아이들과 핏대를 세우면서 왕왕거리던 어제의 분노가 차분하게 가라앉고 가족을 바라보는 눈길에 애정을 담게 된다.

혹 이 글을 읽는 누군가는, 식탁보를 사용하면 얼마나 번거로운데 아직도 그렇게 사느냐고 이야기할지 모른다. 어쩌면 한심스럽다고까지 여길 것이다.

물론 어느 집이든 부엌마다 그 나름대로 독특한 문화가 있다.

어느 주부는 수저 받침대를 두어서 반찬 찌꺼기가 식탁에 묻지 않도록 한다. 또 어느 주부는 종이 냅킨을 식탁 위에 올려서 깨끗하게 먹을 수 있도록 한다. 식탁 위에 꽃을 꽂고 촛불을 켜서 제법 분위기를 내는 주부들도 있다. 사람마다 체취가 다양하듯 식탁을 꾸미는 방식도 각양각색인 것이다.

하지만 대부분 식탁보 위에 다시 유리를 덮는다. 더러움을 닦는 데는 유리가 편하기 때문이다. 그러나 유럽이나 미국에서는 식탁보 위에 유리를 깔지 않는다. 그곳의 유명 식당이나 카페에 들어가 보면 커다란 식탁보로 식탁을 감싸고 그 위에 음식의 찌꺼기가 묻으면 자주 갈아 덮을 작은 식탁보를 덮는 게 보통이다. 각자 접시를 놓는 부분에 따로 비닐 매트나 면 매트를 깔기도 한다.

그저 식생활 문화의 차이라고 단정짓기보다는 뭔가 분위기가 있어 보인다는 생각이 앞선다. 고운 색깔과 무늬의 식탁보 위에다가 꽃 한 송이를 놓고 촛불을 켜면 영혼까지도 잔잔해지는 것 같다.

가족들은 집안에 있을 때 늘 먹을 것이 있는 식탁 주변을 어슬렁거린다. 그 곳은 단순히 먹는 장소가 아니다. 거짓없는 이야기를 주고받으며 서로의 믿음을 쌓아 간다. 즐겁게 먹고, 에너지를 얻는다. 먹는 순간이 소중하듯, 마주하는 사람들과의 관계 또한 소중하다.

　프랑스의 대중문화는 카페에서 이뤄진다는 말이 있다. 식탁을 가운데 두고 나누는 대화에서 사랑과 미움이 쌓이고 예술이 탄생한다는 뜻이리라.

　식탁보를 걷어 내면 속옷을 입지 않은 부엌 같아서 아이들 말처럼 썰렁하기 이를 데 없다. 때문에 나는 부엌을 발가벗기지 않으려고 부지런히 식탁보를 갈아준다. 식탁보를 새것으로 덮고 나면 새로운 마음이 샘솟는다. 그런 날이면 촛불을 켜놓은 채 화려한 옷으로 갈아입고 와인 한 잔을 마셔본다. 화려한 변신을 하고 싶다.

지는 게 이기는 것일까?

아침마다 막내 아이의 단잠을 깨우는 아이들이 있다. 이름하여 삼총사 멤버들이다.

"다위야, 오늘도 비둘기 광장에서 여덟시 오분이다. 알았지!"

전화를 받은 녀석은 자리에서 벌떡 일어나 찬물에다가 얼굴을 적시고 서둘러 집을 나선다. 매일 같은 장소에서 만나 함께 학교에 가고 집으로 돌아오는 세 녀석들을 보면 흐뭇하기만 하다.

그런데 어찌된 일인지 이틀간이나 삼총사의 '아침 점호'가 없었다. 시무룩해서 집을 나서는 막내 아이의 뒷모습을 보고는 그 삼총사에게 일이 생겼음을 알아차렸다. 다툰 모양이다. 사흘째 되는 날, 나는 막내를 불러 놓고 타일렀다. 싸웠더라도 먼저 미안하다는 말을 하는 쪽이 승리자가 된다고 이르고는 사이좋게 지낼 것을 주문했다.

"엄마, 절대로 용서해 주기 싫어!"

뜻밖에도 녀석의 태도는 단호했다.

"엄마는 이기는 게 그렇게도 중요해요?"

"아니, 하지만 지는 게 이기는 것 아니겠니?"

"마음이 내키지 않는데, 왜 사과해요? 엄마는 내가 비굴하게 되는 게 소원이에요?"

따지고 드는 막내의 말에서 분한 마음을 읽을 수 있었다. 아침부터 아이와 티격태격 할 수 없어 그냥 학교로 보내고는 곰곰이 생각해 봤다. 잘못한 일이 없고, 오히려 마음의 상처를 받은 아이에게 또다시 '잘못했으니 화해하라'고 했으니, 화가 날만도 하다는 생각이 들었다.

"엄마, 강아지도 때리려고 하면 으르렁대며 악 쓰고 덤벼요!"

딸애에게 의논해 보고 싶어, 아침에 일어난 일을 대강 이야기해 주자마자 대뜸 내뱉는 딸애의 말이다.

"우리는 강아지가 아니라 사람이잖니. 그러니까 사람다운 행동을 하라는 거지. 동생이 딱해 보여서 다시 친하게 지내라는 것뿐이야."

"엄마는 아빠가 실수한 일을 두고두고 꺼내잖아요? 그건 엄마가 아빠를 진정 용서하지 못했다는 뜻이 아니겠어요?"

순간, 뭐라고 할 말이 없었다.

진정한 용서란 무엇일까. 다른 사람의 살아가는 방식이 나와 다르다고 해서 내가 서운해 할 권리가 있는지 반문해 본다. 나 역시 예전에 싫어했던 삶의 방식을 무의식적으로 따라가고 있다. 제각기 다르게 살고 있더라도 나 자신과 얽혀서 영향을 주고 받기 때문에 너그러움을 길러야 한다고 반성해 본다.

"아빠, 사철탕이 뭔지 알아요"

일요일 날에 막내 녀석이 식구들과 함께 산에 올라갔다가 내려오면서 길가에 세워진 삐딱한 간판을 가리키며 한 말이었다.

남편이 대답했다.

"강아지들은 우리 사람을 원수로 여기지 않거든. 너도 그걸 알아야 된다."

"동물이니까 그렇죠. 설마 동물한테 배우라는 건 아닐 테죠?"

그제서야 막내 녀석은 삼총사와 싸운 내막을 털어놓았다.

한 친구가 자기한테 '닭다리'라고 놀린 모양이다. 닭다리를 잡아먹으면 맛이 날 것이라고 했단다. 손등으로 눈물을 훔치면서, 막내는 그 친구에게 먼저 용서를 청해야 하느냐고 물었다.

누굴 닮았는지, 유난히 눈물이 많은 막내의 뒷모습에 내 마음에도 작은 파문이 일고 있었다. 혼잣말로 중얼거리는 내 속을 알아차렸을까, 남편이 한마디 거든다.

"당신을 닮아 눈물이 많은 것 아니겠어. 설마 나를 닮아 눈물보라는 건 아닐 테지. 좋은 건 다 당신을 닮고, 나쁜 점은 다 나를 닮았다고 하는 당신은 누굴 닮았어?"

아이들을 기르면서 과연 누구를 닮았는가를 놓고 고민할 때가 참으로 많다. 내 주장은 한결같다. 나와 어울리지 않는 점이 눈에 띌 때는 시댁쪽을 탓하고, 뛰어날 만하고 자랑스러운 점이 엿보이면 친정쪽을 닮았다고 한다.

사실 그런 엉터리 말이 어디 있는가.

하지만 잘못인 줄 알면서도 고치기는 커녕 무의식 중에 툭툭 내뱉기 일쑤다. 아직도 내 마음의 한 켠에 시어른에 대한 응어리가 남아 있는 게 아닐까. 다시 한 번 용서를 청하고 싶다.

냉장고를 텅 비우고 싶다

　　　　요즘은 옛날과 비교할 수 없을 만큼 음식이 풍부해졌다.
하지만 그에 정비례하여 이웃과 음식을 나눠 먹는 기회는 훨씬 줄어
들었다. 음식은 풍부한데, 나눔의 기회는 왜 줄어 들었을까. 아마도
냉장고가 있기 때문이 아닐까.

　사실 나부터도 음식이 남으면 이웃에 줄 생각보다는 냉장고에 넣
어 두자는 생각부터 먼저 하게 된다. 나눠 먹을 생각을 전혀 못한 채
살고 있는 것이다. 이웃 사촌처럼 지내던 승우네가 이사를 가기 전에
는 그런대로 음식을 나눠 먹었지만, 그 집이 떠난 후로는 전혀 엄두
를 내지 못하고 있다.

　승우네는 올망졸망한 아이가 넷이나 되었다. 그런데도 내가 아이
셋에 정신을 빼고 산다면서 김을 구워오곤 했다. 술 안주를 장만하면
으레 남편 몫을 챙겨 주곤 했다.

　그러나 승우네가 이사를 간 다음부터는 음식이 남아도 냉장고에
넣어둘 생각만 했지 옆집과 나눠 먹을 생각은 좀처럼 못한 채 살고

있다. 옆집 사람이 좋아할지, 혹은 나누는 게 실례가 아닌지 이것저것 신경이 쓰인다. 어쩌다 복도에서 마주치는 옆집 주부와도 그저 목례하는 게 고작이다.

어릴 적 기억으로는 제삿날은 동네 잔칫날이었다. 아버지가 둘째 아들이기에 제사는 큰댁에서 지냈는데, 어머니는 잊을만 하면 제삿날이 온다면서 큰댁으로 갈 때면 나를 데리고 갔다.

제삿날은 내게도 행복한 날이었다. 큰댁 언니들과 어울려 부침개나 전 등을 몰래 훔쳐다가 장독 뒤에 숨어서 먹곤 하였다. 제사 음식은 제사를 지내기 전까지는 먹는 법이 아닌지라, 들키면 웃어른들로부터 심한 꾸중을 듣기 때문에 가슴이 조마조마했다.

제사는 보통 자정 무렵 지내는데, 그때까지 기다리기가 쉽지 않았다. 하지만 기다리다가 잠깐 졸고 나면 어느새 제사는 끝나 있었고, 어머니는 잠에서 덜 깬 내게 무탕국물에 나물을 넣은 비빔밥을 만들어주곤 했다.

새벽이면 큰어머니는 음식을 덜어 넓다란 쟁반에 담았다. 이웃에게 나눠주기 위해 골목길을 나서는 큰어머니 뒤를, 사촌과 나는 꼬치에 낀 산적을 빼먹는 재미로 졸졸 따라 다녔다. 이렇게 동네를 한 바퀴 돌고 나면 그 많던 제사 음식이 거의 없어졌다.

그 시절에는 가난했지만 나누는 인정만은 결코 인색하지 않았다. 시골에서는 초상집에서 누런 황소를 잡기라도 하면 동냥하는 걸인까지도 배를 채웠다고 한다.

그 시절에 냉장고가 있었다면 과연 갈비 몇 짝은 냉동시키고, 로스감은 싱싱고에, 불고기감은 보통칸에다 두었을까?

냉장고에 넣어 두고 꺼내 먹을 수 있으니까 나누어 먹겠다는 생각을 덜 하는지도 모르겠다. 그러나 그것만이 이유의 전부는 아닐 것이다. 이웃을 사랑하는 마음이 부족하여 하나라도 나누어 먹는 습관이 몸에 덜 배여 있기 때문일 것이다.

그러고 보면, 냉장고야말로 요즘의 내 마음이 아닐까 싶다.

이웃과 나눔을 실천하지 못하는 탓을 냉장고 탓으로 돌리는 발상이야말로 내 마음을 냉동시키고 있다는 단적인 증거라는 생각이 든다. 아이들에게 나눠 먹는 엄마의 모습을 보여주지 못하면서 갓 튀겨 놓은 팝콘을 나눠 먹으라고 으름장을 놓는 내가 아닌가.

냉장고를 열면 겉으로 드러나지 않았던 욕심이 알몸처럼 드러난다. 나중에 꺼내 먹으려고 쌓아 둔 음식들이 꽁꽁 언 채 그득그득 쌓여 있다. 버려야 할 음식들도 언젠가는 꺼내 먹을 것이라 생각하고 냉동칸에 두지만, 결국은 쓰레기통으로 들어가고 만다.

욕심만큼 가득 채워진 냉장고를 비운다면, 나 또한 훈훈한 마음으로 정을 주고받는 그런 사람이 될 수 있을텐데.

중학생 아들의 짝궁 사진

어느 날, 전화벨 소리에 무심코 수화기를 들었다. 딸애를 찾는 전화였다. 하지만 평소에 자주 듣던 목소리가 아닌 낯선 전화였다. 청년도 아니고 어린이도 아닌, 변성기의 맹맹한 청소년 목소리였다. 딸아이는 시험 때인지라 학교에서 돌아와 간식을 먹고는 잠을 자고 있었다. 나는 상대방 이름을 묻고 한 시간 후에 다시 걸어 달라고 부탁을 했다.

한 시간쯤 흘렀을까. 다시 '명석'이라고 이름을 남긴 그 목소리가 다시 전화를 걸어 왔다. 딸애를 불러 바꿔주었더니, 볼을 붉히는 아이는 전화기를 자기 방으로 가지고 가는 것이었다.

이런 모습도 성장하는 한 과정이려니 여기고, 아이가 방에서 나와 '신고식' 해주기만을 기다렸다.

"엄마, 배고파요 저녁 먹을래요"
누나가 방에 들어간 것을 눈치라도 챈 듯 중학교 2년 생인 둘째 아이가 부엌으로 나왔다. 녀석은 엄마만 보면 '먹는 음식을 보관하고 있는 창고' 쯤으로 여기나 보다. 사과가 먹고 싶다면 사과로, 피자가 먹고 싶다면 치즈를 넣은 피자로, 배가 고프면 고픈대로 아무 때고 거리낌없이 밝힌다. 나 역시 남편이나 아이들이 눈에 띄면 "배 고프냐?"고 묻는 게 습관처럼 되어 있다.

"참, 니네 학교는 남녀 공학이지? 넌, 짝꿍 이야기를 전혀 안 하더라. 예쁘니?"

나는 녀석 앞에다가 시골 농부의 밥그릇처럼 수북히 담은 밥상을 차려 주고는 여자 친구 이야기를 꺼냈다. 녀석은 '관심 밖'이라는 듯이 별걸 다 묻는다고 핀잔한다.

"1학년 때엔 함께 짝 했는데 2학년이 되니까 따로 앉아요."

그래서일까, 지난 해만 해도 아침마다 양치질한다고 야단법석을 떨더니, 올해에 들어와서는 아침마다 껌으로 칫솔질을 때우려 한다.

"너, 지갑 안에 그 여학생 사진 있잖니? 벌써 2년째 넣고 다니더라. 너의 반 여자니? 털어놔 봐, 숨기긴…."

언젠가, 우연히 녀석의 방을 치우다가 서랍에 있는 빈 지갑을 열어 보았다. 깊숙히 숨겨 둔 사진 한 장을 발견했다. 해맑은 미소를 머금은 여학생 사진인데, 지갑의 제일 밑에다가 숨겨 놓은 소년의 풋풋한 마음이 전해졌다.

"개요? 친구가 날더러 대신 잘 보관해 달래서요 … 대신 보관하고 있는 중이라니까요."

녀석은 '대신'이라는 단어에 꽤나 힘을 준다.

더 이상, 엄마에게 털어 놓을 말이 없나 보다. 녀석은 빙그레 웃으면서 그 많은 밥과 반찬을 순식간에 먹어 치우는 것이다. 한창 클 때인지라 식욕이 왕성한 모양이다. 어쩌면 생각도 왕성할 것 같다.

녀석이 제 방으로 돌아간 뒤, 나는 둘째 아이와 친한 친구의 엄마에게 전화를 걸었다. 그 엄마의 말도 걸작이다. 자기 아들 역시 지갑에 똑같은 여학생 사진을 넣고 다닌 지 벌써 2년째라는 것이다.

결국 한 여학생의 사진을 두 남학생이 간직하고 있는 셈인데, 그 외에 얼마나 많은 사람이 갖고 있는지는 알 수 없다. 아니, 어쩌면 친구의 속 마음까지도 함께 알아야 하는 것이 청소년 시기가 아닐까.

잠시 후, 딸애는 전화 통화를 끝냈는지 방에서 나와 전화기를 제자리에다 꽂으며 우유를 따라 마신다.

"앞으로 키를 8센티미터 더 키워야만 되니까, 우유를 꼭 잊지 말고 마셔야지. 그래야 뭐든지 입으면 근사해 보이거든."

혼잣말로 중얼거리며 딸애에게 나는 '명석'이란 아이가 누구냐고 묻지 않을 수 없었다. 자진 신고하기를 바랬는데….

"엄마! 명석이가 성당에서 반주를 같이 하재요 그 애는 피아노, 난 첼로로…. 시험 끝나고 성당에서 만나자고 했어요"

명석이가 누군지 물을 필요가 없었다. 오히려 틈틈이 취미 삼아 첼로를 배워 온 딸애에게 기회가 왔다는 점이 마음에 와 닿았다. 그 때, 성당에서는 합주단원을 모집하고 있었는데, 혼자 성가나 명곡을 연주하면서 작은 곳에서나마 봉사할 기회를 찾던 아이의 마음을 알고 있었기 때문이었다.

"내 또래의 남자애들 키가 껑충한데, 난 아직도 그 키를 따라 갈려면 멀었다고요"

두 눈을 껌뻑이며 손거울을 얼굴 가까이 잡아 당기는 모습을 지켜 보면서, 딸애가 요즘 무척 욕심을 부리고 있다는 생각이 들었다.

열여섯의 여자인데, 그애는 빨리 어른이 되었으면, 키가 빨리 자랐으면, 하루가 빨리 지나 갔으면, 연습 없이도 춤을 빨리 잘 추었으면, 멋진 옷을 더 많이 가졌으면, 머리핀을 더 많이 샀으면 한다. 욕망에는 남녀노소가 없는 모양이다. 좀처럼 만족할 줄 모른다.

문득 내 처지가 딸애보다 낫다는 생각을 해 본다. 그리고 남편을 떠올린다. 삶의 체험이 있기에 행복의 저쪽에 더 가까이 가고 있을까. 분명한 것은 한없이 연민이 가는 남편이 아직도 깊은 바다 속에 잠긴 잠수함 같기만 하다는 점이다. 이제 나도 꽃봉오리를 피워야 할 것 같다.

콩나물 다듬으며 소망을

베란다에 놓인 시루 속에 빼곡이 자라난 노란 콩나물 대가리를 보면 기분이 싱그러워진다. 밥만큼이나 눈에 익은 음식이어서 친근하다. 콩나물은 비빔밥의 주재료이지만, 그대로 삶아 무쳐도 사각사각 씹는 맛이 그만이다. 남편이 술을 마신 다음날에 술국으로 끓여 내서 고춧가루를 잔뜩 풀면 얼큰하게 먹을 수 있는 음식이기도 하다.

야채를 파는 가게에 콩나물이 떨어졌다면 그건 파장의 징조이다. 반대로 콩나물이 수북히 쌓여 있는 통을 들여다 보면 괜히 배가 불러오고 마음이 부유해진다.

콩나물을 보면 피아노와 발레를 공부하던 어린 시절로 되돌아 가곤 한다. 그 시절, 어머니는 콩나물을 사와서는 신문지를 마루에다 펼치고 다듬을 때가 많았다.

　나는 시키지도 않은 일이건만 어머니 곁에 앉아 콩껍질을 벗기고 뿌리를 따는 재미로 거들곤 했다. 그러다가 어머니가 다리 쑤신다고 주물러 달라고 할 때면 종아리에 피아노 치는 흉내를 내곤 했다. 그 행동이 범상치 않다고 생각했는지, 어머니는 피아노와 발레를 배우게 했다.

　피아노를 배우기 위해 어머니의 흰 갑사치마를 붙잡고 따라간 곳은 소꿉친구 도희네 집 근처였다. 크레온 글씨로 '피아노' 라고 쓴 붉은 색 쪽문이 있는 일본식 이층집이었다.

　피아노 선생님은 깡마른 만큼 성깔이 있었다. 그 성미에 싫증을 내자, 어머니는 발레를 배우게 했다. 발레를 가르치는 집은 피아노 바로 뒷집이었다.

　아버지는 "가시내가 웬 춤이냐? 가랭이를 그렇게 벌려대고…" 하면서 극구 반대했다. 나는 휴즈랑 발레옷을 아버지 몰래 가지고 다녀야만 했다.

지금도 허리가 뻐근하거나 따분할 때면 싱크대를 잡고 발레의 기본 동작을 흉내내 본다. 중학교 때까지 배운 탓인지 에어로빅보다 내 정서에 맞는 것 같다. 그래서 우리 집 부엌은 가끔 헬스 클럽이 되기도 한다.

피아노와 발레를 배우던 그 곳은 지금 중앙일보사가 있는 곳이다. 요즘도 그곳을 지나려면 걸음을 서성이며 40년 전의 추억을 다시 잡아보려고 두리번거리게 된다. 추억의 조각이라도 남았을까 살펴지만, 거대한 빌딩만이 버티고 있기에 나 자신이 과거로부터 온 우주인처럼 느껴진다.

콩나물 하면 사춘기 때 어느 수녀님으로부터 들은 말이 기억난다.

콩나물을 다듬을 때마다 그냥 다듬지 말고 콩나물 뿌리 하나하나에 소망을 붙여 보라는 것이다.

그 뒤, 나는 콩나물을 다듬을 때마다 병약한 사람이나 잘못을 저지른 사람들, 세상을 떠난 친척들이나 오랫동안 만나지 못한 친구들의 얼굴을 떠올리곤 했다. 그리고 그들에게 내가 무엇으로 보답하며 착하게 살 수 있을까를 숙연히 생각하곤 했다.

요즘 콩나물을 보면 또다른 반성을 하게 된다. 콩나물을 다듬어도 착한 일을 해야겠다는 생각이 들지 않고 소망을 붙이지도 않기 때문이다. 고달픈 세상살이에 이리저리 시달린 탓에 콩나물 대가리와 뿌리에 얽힌 소망들을 깡그리 잊고 사는 것 같다. 아니, 도난 당하고만 가난하고 메마른 나 자신을 보는 것 같다.

언젠가 사춘기 때처럼 콩나물 뿌리를 다듬으면서 소망을 가져 보려고 결심했는데, 그나마 콩나물 뿌리에 영양가가 많다는 이야기를 듣고는 그 일도 못하고 말았다. 사춘기 때의 그 애틋한 마음을 느껴야 하는지, 아니면 가족의 건강을 생각해야 하는지, 고민 아닌 고민을 하고 있는 중이다.

콩나물을 보면 추운 겨울에 어머니가 먹다 남은 밥과 콩나물을 넣고 끓여 주던 콩나물 국밥이 몹시 그리워진다. 그 시절에 꾸었던 꿈들도 다시금 생각난다.

그 시절에는 꿈도 많았는데, 지금은 반푼의 꿈도 못되는 자질구레한 바램만을 안고 사는 중년의 아줌마이다. 그러나 어머니는 그 반쪽의 꿈마저 버리라고 타이른다. '꿈이 많으면 욕심이 꿈만큼 생긴다, 그리고 욕심은 필연코 더러움을 가져온다'는 것이다.

아버지 발가락 빨던 아이

나는 여섯 살까지 엄마 젖을 먹었다고 한다. 아마 동생이 없기 때문이리라. 하지만 아버지 발가락을 엄마 젖꼭지인 줄 알고 빨던 때도 있었다고 한다. 지금도 발가락을 만지거나 우유병을 바라볼 때면 어머니가 전해 준 그 콩트 같은 옛일이 떠오른다.

내가 어릴 때만 해도 우유를 먹고 자라는 아기는 거의 없었다. 대부분 엄마의 따뜻한 젖가슴을 만지면서 젖을 먹었다. 젖을 먹는 동안, 엄마의 가슴은 아이에게는 천국이었을 것이다.

나 역시 엄마 품에 안긴다는 게 그지없이 좋았던 모양이다. 아마도 그 시간만은 엄마, 친구, 음식, 놀이 등 온갖 것들이 충족되는 시간이었을 것이다.

유치원에 다닐 때는 젖을 빨기보다 부드럽고 포근한 그 젖가슴을 더 좋아했다. 수업이 끝나자마자 엄마에게로 달려가 엄마 젖을 더듬던 기억이 아련히 떠오른다. 하지만 8년 터울의 여동생이 생기는 바람에 엄마의 품을 떠나야만 했다.

내가 돌 전의 일이었다.

어느 날, 어머니는 젖먹이인 나를 아버지에게 잠시 맡기고 나들이를 했다. 젖을 먹일 시간 안에 돌아올 작정이었다. 그런데 사정이 생겨서 제시간에 돌아오지 못했다.

그 시절은 우유병도 없을 뿐더러 우유를 먹일 생각조차 못하던 때였다. 말하자면 엄마 젖이 없으면 꼼짝없이 배를 곯아야 했던 시절이었다.

아버지는 어린 내가 보채자 처음엔 무척 당황했다고 한다. 물을 먹이면서 달래 봤지만 효과가 없더라는 것이다. 우연히 손가락을 입에 넣어 주자 허겁스럽게 빠는데, 손가락이 아플 정도였다고 한다.

어머니가 귀가했을 때, 집안은 의외로 조용했다. '혹시?' 하는 마음에 문을 살짝 열자, 아버지는 깊은 잠에 빠져 있었고 아기는 눈물이 잔뜩 고인 얼굴로 아버지의 발가락을 열심히 빨고 있더라는 것이다.

결국 아기를 어르다가 잠이 든 아버지는 아기를 보느라 욕봤다는 칭찬 대신, 아기가 발가락을 빨게 한 죄를 뒤집어 쓰고 말았다. 어머니는 툭하면 이 이야기를 끄집어내서 아버지의 기를 죽이곤 했다. 그럴 때면 아버지는 몹시 계면쩍은 듯 아기를 봐주는 은공은 없다고 투덜거리기 일쑤였다.

그런 아버지가 훗날 우유병으로 물을 삼켜야 하는 병고를 치르더니만 세상을 떠나고 말았다. 그때 나는 가끔 아버지의 발톱을 깎아드리곤 했는데, 그럴 때마다 내게 발가락을 물렸던 스물다섯 살의 청년 모습을 떠올리고는 혼자 미소를 짓곤 했다. 당시 나는 만삭의 몸인지라 허리를 굽힐 수가 없어서 내가 빨았던 새끼 발톱만은 깎아 드리지 못했다.

자신의 발가락을 서슴없이 아기에게 물리어 잠재운 젊고 지혜로운 남자, 새삼 아버지가 보고 싶다. 오죽이나 안타까웠으면 내게 발가락을 물릴 생각까지 했을까. 자식에게 모든 것을 다 베푸는 것이 부모의 미덕이라는 생각이 머리를 떠나지 않는다.

이제 내가 부모님이 베풀어주신 사랑에 감사를 해야 할 차례이다. 내 아이들에게 해야 할 것 같다. 그래서 산다는 것을 가리켜 '돌아가는 회전목마'라고 했을 것이다.

빈 짠지독에 꽃 심으면

　　우리 집에는 꽃병이 여러 개 있지만 사용하는 꽃병은 한두 개가 고작이다. 나머지 꽃병에는 양초나 쓸만한 종이를 둘둘 말아 넣어둔다. 꽃병이라고 하지만 짠지나 김치를 담아두던 항아리가 대부분이다. 유리로 만든 꽃병보다 흙으로 구워 만든 것을 좋아하기 때문이다.

　　얼마 전, 깍두기를 담던 작은 항아리에다가 희고 노오란 국화를 담았더니 집안의 분위기가 그윽한 것이 더없이 좋았다. 새우젓을 담았던 항아리나 짠지를 담던 항아리에는 우산을 꽂거나 빈 항아리 그대로 집안의 한 구석에 놓아 분위기를 살리는데 쓴다.

　　짠지를 담던 항아리는 예전에 친정 부엌문 뒤 그늘진 곳에 처박아 두었던 것이다. 요즘은 금이 간 항아리를 별로 사용할 일이 없게 되자, 구석에 처박혀 홀대받는 것이 불쌍하다는 생각이 들어 어디다 사용할까 궁리했다. 그러다가 우산꽂이로 쓰게 되면서 더할나위 없이 좋은 생활용품이 되었다.

　그러고 보면 우리 집 꽃병들은 대부분 장독대에서 천대받던 길죽한 모양이나 앉은뱅이 항아리들이다. 하지만 처음 우리집을 찾아오는 사람들은 꽃을 담거나 사탕, 간식류가 담긴 그 그릇이 훌륭한 고미술품이라고 칭찬한다.

　아낙네들에게는 항아리가 예사롭게 보이지 않는다. 특히 고추장이나 된장을 담는 항아리가 가장 사랑스럽다. 장을 뜰 때면 항아리를 어르듯 다독여 주는데, 주둥이를 닦아주고도 모자라서 뚜껑을 닫고나서도 항아리 허리를 문지르곤 한다.

　장 항아리들이 아낙네들에게 사랑받는 이유는 무엇일까. 장맛이 좋아야 음식맛이 좋은 법이다. 그런데 요즘 항아리들이 천대받고 있다. 인스턴트 식품과 식생활의 변화에 밀려 제 구실을 못하기 때문이다. 물론 생각을 조금만 바꾸면 항아리 역시 문화생활에 알맞은 지혜의 도구로 변신할 수가 있다.

　항아리에 꽃을 담으면 무슨 꽃이든 참으로 잘 어울린다. 이 글을 읽은 주부라면 한 번쯤 당장 실천해 보라고 권하고 싶다. 모르긴 해도 그 분위기는 끝내줄 것이다.

　물론 용도로 보면 김치 항아리는 김치를 담아야 제격이다. 꽃보다 김치를 담는 것이 보람있는 일이라고 할 수 있다. 하지만 꽃을 보고 얼굴을 찡그리는 사람이 없다는 점이 마음에 위안을 준다.

　얼마 전, 영화 '레옹'을 본적이 있었다.
　젊은이들에게 인기를 끌었던 그 영화에서 청부 살인업자인 주인공은 화분을 늘 끼고 다녔다. 자신에게 가장 소중한 물건이 화분이라면서 어디든지 끼고 다니던 그 모습은 관객들에게 잔잔한 감동을 주기에 충분했다.

말하자면 비록 살인 청부업자이지만 본디 지니고 있는 주인공의
착한 본성과 생명을 아낄 줄 아는 마음을 화초를 통해 간접적으로 나
타낸 것이 아닐까.

나는 과연 꽃항아리처럼 내 안에 꽃을 담을 수 있는 그릇인가, 내
영혼은 어떤 빛깔의 꽃일까 생각해 본다. 혹 항아리는 쓸 만한데 꽃
은 피지 않아 봉오리 상태로만 있다가 버려야겠다고 마음먹게 되는
꽃을 담고 있지는 않을까. 꽃을 담을 때는 하느님의 꽃을 담을 수 있
는 용기가 되어야 한다고 나름대로 욕심을 부려 본다.

나는 꽃병이 물 냄새에 찌들면 부엌으로 가져와 깨끗이 씻는다. 꽃
대를 자르고 맑은 찬물에다가 목욕시킨다. 꽃을 아끼는 사람만이 꽃
을 감상할 자격이 있다고 믿기 때문이다.

사람이면 누구나 선택을 받아 태어난다. 우리는 이미 하느님의 꽃
을 담는 꽃병으로 만들어져 있다. 하느님의 꽃을 살리는 맑은 생명의
물이 항아리에 넘친다면 그 꽃은 시들지 않을 것이다. 꽃의 생명은
우리의 선택에 달려 있고 꽃은 사랑 그 자체인 것이다.

원고지에 쓰지 못하는 아쉬움

30여 년간 그토록 소망하던 소설가의 꿈을 이룬 어머니는 유독 원고지에 글 쓰기만을 고집한다. 원고지를 봐야 생각이 정리된다는 것이다. 나도 그 마음을 이해한다. 아이들의 책상을 정리하다가 책꽂이에 꽂혀 있는 원고지를 볼 때면 왠지 가슴이 뭉클해지곤 한다.

결혼하고 낳은 연년생이 기저귀를 차고 있을 무렵, 나는 소설가가 되기 위해 습작을 시작했다. 수만 장의 원고지를 썼다가 버리고 다시 쓰는 작업을 시작한 것이다. 그때부터 나는 원고지만 보면 습관적으로 가슴에서 끌어오르는, 뭔가를 쓰고 싶은 열망에 빠지곤 한다.

신춘문예에 처음 응모하기 위해 작품을 준비할 때였다.

소설의 줄거리를 잇고 글을 다듬고 해서 마감일까지는 간신히 마무리지을 것 같았다. 밤잠을 토막내고 낮잠을 포기한 대가로 얼추 원고지 천 장을 메꾸었다. 그야말로 시어머니의 눈치를 곁눈질하며, 남편의 따뜻한 시선을 위로삼고, 기저귀 찬 아이들의 번거러운 응석과 함께 완성된 원고였다. 작업은 주로 저녁을 먹고 난 다음, 텅빈 식탁에 앉아 했다.

어느 날, 두 살박이 둘째 아이가 식탁 위에 올라와 놀다가 그만 간장병을 건드렸다. 쏟아진 간장은 이내 원고지에 스며들었다 화들딱 놀라 휴지를 찾았지만 이미 원고지에 까만 간장이 잔뜩 스며든 다음이었다. 눈물이 핑 돌았다.

아이가 무슨 죄가 있을까마는 너무나 야속하다 보니 그만 아이를 붙들고 엉엉 울었다. '속엔 괜찮겠지…' 기대하며, 원고지를 넘길 때마다 눈시울이 젖었다. 하지만 아이는 그런 모습의 엄마가 이상하다는 듯 빤히 나를 쳐다보며 방긋방긋 웃었다. 그 웃음에 가슴은 더욱 답답해졌고, 또 다시 원고지 1천 장을 써야 할 일을 생각하니 참으로 암담하기까지 했다. 그러나 지금 생각해 보면 그 연습이 오히려 더 좋은 결과를 가져왔다.

그 이후, 나는 한동안 원고지만 보면 알 수 없는 한숨이 나면서 마감일에 쫓기기라도 하듯 숨이 가빴았다. 또 한편으로는 편안하기도 하다. 참으로 이율배반적이다.

원고지의 한 칸 한 칸은 각기 독립된 공간이지만 그 한 칸의 빈 터마다 서로 이웃을 이루는 '너'와 '나', 그리고 '우리들'이라는 마당이 있다. 그 작은 터를 메우려고 짝을 맞추고 수많은 밤을 서슴없이 지새다 보면, 언젠가 집터가 닦이고 하나의 집으로 완성되었다는 기쁨을 맛본다.

얼마 뒤, 나는 전동 타이프로 원고지를 대신하다가 6년 전부터 컴퓨터로 원고를 작성하고 있다. 처음에는 가슴으로부터 기계를 거부하고 있음을 강하게 느꼈다.

화면을 뚫어지게 보면 생각이 더욱 막히고, 원고지를 꺼내 놓으면 굳은 마음과 생각이 물 흐르는 듯 글이 떠올랐다. 참으로 기계와 친해지기 위해 수십 번의 시행착오를 힘겹게 견뎌냈다.

그러나 기계는 편리하다. 손가락으로 한 자 한 자 쓰고 다시 고치지 않아도 된다. 띄어쓰기 등은 기계가 알아서 해준다. 원고지를 쓰는 것보다 열 배쯤 속도가 빨라진 것 같다. 이제는 오히려 원고지를 대하면 답답할 정도이다. 기계의 지배를 받는 사람이 되어버린 셈이다.

물론 컴퓨터를 사용하다가 단추 하나 잘못 눌러 수천 장 분량의 원고가 한순간에 사라진 어처구니 없는 사건도 있었다. 차곡차곡 쌓이던 원고가 돌연 사라질 때의 그 아찔한 현실은 기계만이 주는 불이익이고 스트레스이다. 그럴 때면 어머니가 그립고, 어머니에게 컴퓨터를 사용할 것을 권했던 우매함을 후회하게 된다.

언젠가 TV 프로그램에 일본의 노벨문학상 작가인 우에 겐자부로의 소설작법이 소개된 적이 있었다. 그는 두툼한 원고지에 가로줄로 써내려 가다가 점을 굵게 찍은 후 마감하고는 집게로 원고지를 꽉 눌러둔다. 그 때, 그의 입 언저리에는 미처 완성하지 못한 열망과 신비스런 환희의 미소가 묘하게 대조를 이루는 것이다.

나는 어머니의 원고를 대할 때면 저절로 숙연해진다. 그 원고는 시간을 끌어안은 삶의 아픔을 말없이 대변해 준다. 때로는 어머니의 모습이야 말로 글을 쓰는 예술인의 참모습이 아닐까 싶기도 하다.

모든 일상을 '빨리! 빨리!' 하는데 젖어든 나로서는 어머니와 같은 길을 가고 있다는 점 하나만으로도 크나큰 위안이 된다.

126

소금물로 머리 감는 지혜

우리집에는 소금이 많다.
욕실에도 있고 부엌에도 있다.
소금을 볶아 가루로 만든 후 보관했다가
음식에 넣기도 하고 치약이나 린스로도 사용한다.
소금을 다양하게 사용하는 지혜는
할머니와 어머니로부터 배운 것이다.

텔레비전 없는 집 만들기

얼마 전, 17년간 쓰던 컬러 텔레비전을 내다버렸다. 이웃에서는 고장나지도 않은 멀쩡한 물건이고, 특히 우리나라 최초의 컬러 텔레비전 제품이니 골동품 삼아 갖고 있으라고 충고한다. 어떤 이는 나답지 않은 행동이라고 했다. 하지만 그놈을 내버린 데엔 나름대로 이유가 있다.

한마디로 텔레비전은 사람을 망하게 만드는 바보 상자이다.

우선 저녁을 준비할 때면 막내 녀석이 만화를 보느라고 텔레비전 앞에 앉는다. 만화가 끝나면 중 3인 큰딸과 중 2인 큰아들이 차례차례 텔레비전 앞에서 시간을 보낸다. 누구와의 대화도 거부한다는 듯 멍청한 표정으로 얼굴을 찌푸린 채 화면에 몰입한다.

"밥 먹어! 얘들아, 어서 밥 먹어!"

아무리 소리쳐도 대답이 없다.

아이들은 텔레비전 화면을 쳐다보며 밥이 코로 들어가는지 입으로 들어가는지 모른 채 밀어 넣기 바쁘다.

다음에는 남편 차례다. 남편은 뉴스를 보면서 혼자 웃고 화내며 장단을 맞추느라 정신없다. 그럭저럭 열한 시가 되어야 끝난다. 하루도 빠짐없이 텔레비전 앞에는 열한 시까지 만원사례이다.

때로는 나도 딸애가 넋 놓고 쳐다보는 그 바보상자를 힐긋 쳐다본다. 그러다 보면 찌게가 끓어 넘치는지 생선이 타는지 아예 잊어버리기 일쑤다. 국자를 손에 쥔 채 차츰차츰 텔레비전 가까이 다가서다가는 아예 털썩 주저앉곤 한다.

확실히 텔레비전은 마술상자다. 현란한 머리나 입술색, 짧은 치마들이 빠른 음악과 함께 회전목마처럼 빙글빙글 돌아간다. 아이들은 그것을 보고 긴장과 스트레스에서 해방되는 모양이다.

내용이 건전치 못하다고 하면 "그냥 신경 안 쓰고 즐기는 거니까 꼬드기지 마세요!" 하며 도리어 핀잔하기 일쑤다. 그냥 즐기기만 한다는 논리에 내 충고는 설자리를 잃고 만다.

생각해 보면 가장 가여운 아이들이다. 마음껏 구경하고 현장 체험하며 활개치면서 가슴을 펴고 살아야 할 시기인데, 부모들은 공부만 하라고 요구하니 그들로서는 부모와 이 사회가 밉기도 할 것이다.

어쩌면 바보상자는 그들에게 대리만족을 주는 유일한 도구일지도 모른다.

실제로 영상 시대를 맞아 텔레비전 보는 것을 무작정 반대할 수만은 없다. 또 옛날 만화 속에 그려진 미래 사회가 속속 현실화되고 있는 세상이기에 아이들이 만화책에 푹 빠져 있다고 야단칠 수만도 없는 노릇이다.

그러나 텔레비전은 분명 눈앞의 일이나 계획을 뒤로 미루게 하는 마력을 지니고 있다. 아침에 남편과 아이들을 내보내고 나서 텔레비전을 보기 시작하면 그야말로 오전은 허탕치고 오후는 어물쩍 지나가는 경우가 많다. 특히 케이블로 방영되는 수십 개의 텔레비전 방송을 좇아 채널을 이곳 저곳으로 돌리다 보면 하루가 지나는 게 순식간이다.

바보상자는 할 일을 못하게 만드는 재주가 있다. 물론 유익한 프로그램을 보았을 때엔 그렇게까지 바보스럽지는 않지만.

어쩌면 텔레비전을 내다 버린 진짜 이유는 내 마음이 메마른 탓이 아닐까 싶다. 텔레비전을 시청하는 여유를 가질 만큼 마음이 풍요롭지 못하다는 생각, 아이들이 텔레비전에 빼앗기는 시간에 인색하려고 발버둥친 고집이 아니었을까.

소금물로 머리 감는 집

　　　　우리 집에서는 소금으로 린스를 한다. 어떻게 소금으로 머리를 감느냐고 할지 모르지만 다음에 적은대로 소금을 만들어 한 번쯤 실천에 옮겨보기 바란다.

　우선 헌 냄비나 헌 프라이팬에다가 굵은 소금을 담고 연한 불로 볶는다. 40분 이상 느릿하게 뒤척이며 볶는 동안 지푸라기나 돌 같은 것들을 골라낸다. 소금은 뜨거워질수록 검어지면서 딱딱하게 굳는데, 다 볶은 소금을 분쇄기에 넣고 가루로 만들면 된다. 병에 담아 두었다가 사용할 때마다 조금씩 덜어서 사용하는 게 좋다.

　소금이 우리 몸에 좋다는 것은 치약이 귀하던 시절, 소금으로 양치질했던 기억을 떠올리면 알 수 있는 일이다.

　우리 집에서는 소금을 볶아 가루로 만든 다음, 음식에 넣어 먹거나 욕실에서 치약이나 린스를 대신하여 사용한다. 소금을 다양하게 사용하는 생활 지혜는 외할머니와 어머니에게 배운 것이다.

어렸을 때, 나는 외할머니와 지내는 날이 많았다. 국민학교에 다닐 때까지 아버지가 군인이어서 자주 출장을 다녔기에 외할머니는 우리 집에 자주 오시곤 했다. 겨울이면 할머니 곁에서 고구마나 밤을 까먹으며 옛날 이야기를 듣다가 잠들곤 했다. 그 옛날 이야기를 듣는 재미에 고구마나 밤을 너무 많이 먹어도 배가 부르다는 말을 할 수 없었다. 그래서일까, 툭 하면 체하곤 했다. 그럴 때면 할머니는 겨우내 먹으려고 마당 한 구석에 묻어 둔 무를 꺼내서는 놋쇠 수저로 싹싹 긁어 먹여주었다. 차디찬 무가 뱃속에 들어가면 얼마 후에는 매운 트림이 툭 터지면서 거북한 배가 씻은 듯 시원해졌다.

여름에 체하면, 낡은 국자에다가 굵은 소금을 달달 볶아 돌로 쪄서 만든 소금가루를 먹도록 했다. 그러면 얼마 지나지 않아 배가 가벼워지고, 다시 할머니의 옛날 이야기를 들으면서 잠들곤 했다.

소금은 체한 데뿐만 아니라 벌레에 물린 데도 특효약이었다. 모기나 벌레에 물려서 발갛게 부풀어 오르면 할머니는 역시 그 소금가루를 꺼내 쓱쓱 발라 주곤 했다. 이따금 머리밑이 따끔거리면서 뾰루지가 돋을 때에도 할머니는 그 소금가루를 머리밑에 발라 주곤 했다.

친정 어머니는 외할머니보다 소금을 더 다양하게 사용했다. 긴 손잡이가 달린 냄비에는 항상 끓인 소금물이 담겨 있었다. 겨울에 식구들이 집으로 돌아오면 소금물로 양치질하는 것부터 시켰다. 특히 알레르기성 비염인 나와 여동생은 양치질은 물론이고 입속을 씻을 때도 소금물을 써야 한다는 잔소리를 귀가 따갑게 들었다.

이같이 재래식 요법이 건강에 좋다는 것을 깨달은 것은 훗날 비행

승무원으로 여기저기 외국을 드나들면서였다. 나는 선진국 여성들의 생활하는 모습을 보고 깜짝 놀랐다. 알게 모르게 환경 보호를 실천한 어머니, 할머니의 생활 방식이 환경 보호에 선진적인 나라의 여성들의 생활방식과 유사했기 때문이다. 그제야 외할머니와 어머니가 얼마나 지혜로웠는가를 이해하게 되었다.

우리 조상들은 자연과 인간에 모두 유익한 방법을 실천하며 사셨다. 그런 방식이 요즘에는 자연환경 운동이라는 화려하고 거창한 유행어가 되어 버렸다는 것이 서글프다.

어린 시절에 외할머니와 어머니로부터 배운 지혜를 우리 집 살림에도 그대로 실천하고 있다. 부엌, 욕실에는 늘 내가 만든 소금가루가 있다.

처음에는 치약이나 샴푸가 있었다. 아이들에게 강요하면 오히려 거부 반응을 불러올 것 같아 둘 다 비치해 놓고 아이들 스스로 선택하도록 했다. 나 역시 자라면서 부모님으로부터 한 번도 선택을 강요받은 기억이 없기에 아이들에게 강요하지 않았다. 다만 내가 어릴 때 보아 왔던 외할머니와 어머니의 모습으로 아이들에게 다가선다면 자연스럽게 실천할 것이라는 희망만을 갖고 있을 뿐이었다. 그래서일까, 아이들 역시 자연스럽게 엄마의 방법을 따라 주고 있다. 자연 사랑을 대물림하는 가족이 된 셈이다.

우리 집이 실천하고 있는 생활방식은 모두 집안에서 쉽게 할 수 있는 것들이다. 처음 시작할 때에는 불편하겠지만 '시작이 반'이라는 말대로 하겠다고 마음만 먹으면 어려운 일이 아니다. 아무렇게나 생각하는 허드렛 일거리 하나에도 정성을 기울이다 보면 자연을 거스르지 않는 생활이 될 것이다.

참기름 뚜껑은 호박 꼭지가 제격

참기름 뚜껑을 열 때면 항상 조심스럽다. 입맛을 돋구게 하는 고소한 맛이 다 새어나가는 것 같기 때문이다. 참기름은 고소한 냄새가 없으면 별로 가치가 없다.

어린 시절, 할머니는 병 마개가 흔하지 않았기에 호박 꼭지를 참기름병 입구만큼 잘라 내어 뚜껑으로 쓰곤 했다. 참기름 냄새가 새어나가지 못하도록 하기 위한 지혜였다. 요즘에도 할머니의 지혜가 떠올라 참기름병 뚜껑을 보면 제대로 닫혔는지 한 번 더 확인하게 된다.

항아리 뚜껑만 해도 그렇다. 햇빛이 따뜻하게 내리 쬘 때면 장 뚜껑을 열어 놓는다. 햇빛이 장에 내리쬐어 적당하게 발효하도록 하는 것이다. 알맞게 익은 장맛은 그 집의 음식 솜씨를 가늠하게 한다.

어렸을 적에 살던 부산 집에는 수돗가 옆으로 유난히 탐스러운 장독대가 있었다. 키가 크고 뚱뚱한 장항아리부터 키가 낮은 깍두기 항아리까지 즐비했다. 할머니는 대야와 걸레를 들고 수시로 독항아리를 씻어 주었는데 맑은 날이면 항아리들은 유난히 빛났다.

　나는 그 장독대에서 자주 놀곤 했다. 지붕 저편에 검은 구름이 낮게 깔리면 할머니는 고무신을 꺽어 신은 채 장독대로 왔다. 비 한 방울이라도 들어갈까 봐 서둘러 장독 뚜껑을 덮었다. 나는 할머니를 돕는답시고 차곡차곡 쌓아놓은 뚜껑을 꺼내 드리다가 한두 차례 떨어뜨리기도 했었다.

　장독 항아리에는 검정 숯과 빨간 고추가 검은 물에 동동 떠있다. 언젠가는 부엌에서 숯덩이를 한 아름 안고는 고추가 떠 있는 독에다가 마구 집어 넣기도 했다. 할머니는 내가 한 짓인 줄 다 알면서도 잘못을 추궁하지 않았다.

　장에 띄웠던 숯들을 꺼내서 장독 뚜껑에다가 말릴 때 풍겨오는 냄새는 정말 지독했다. 몇십 미터 밖에서도 어느 집인지 금방 알 수 있을 정도이다. 하지만 독한 냄새로 균을 발효시키는 장이 몸에 좋다는데, 냄새 따위가 대수로울 리가 없다.

　그에 비하면 요즘의 참기름 냄새는 그야말로 밋밋하다. 어릴 때 맡던 그 고소함이란 찾을 길이 없다. 플라스틱 통과 뚜껑 또한 운치가 없다. 호박 꼭지를 오려서 병 구멍을 막고, 그 꼭지에 붙은 참기름 한 방울조차 아끼려고 혓바닥으로 핥던 그 마음은 어디로 사라졌을까.

　항아리를 이야기하면 언젠가 질겁했던 일이 생각난다.

　서울 인사동 거리에서 큰 맘 먹고 깍두기 항아리와 통통한 막장 항아리를 사온 적이 있었다. 얼른 보면 제법 품위 있는 작품같이 느껴지는 항아리였다. 아직 장을 담글 때가 아닌지라, 당분간 먹는 물을 담아두기로 했다.

　나는 항아리에다가 수돗물을 부어 놓고 며칠 기다렸다가 식수로 쓰곤 했다. 항아리에 물을 담아 두면 햇볕이 독의 흙과 작용을 하여 바이오가 생성된다는 이야기를 들었기 때문이다. 육각수를 만들어 먹는 요령이라는 것이다. 어느 정도 과학적 근거가 있는 이야기인지는 알 수 없지만 막상 먹고 나니 나쁘지는 않은 것 같았다.

　항아리에 물을 담아 놓고 낮에는 두껑을 열고 밤에는 닫았다. 남편은 '생수를 사먹으면 될텐데, 괜한 고생을 사서 한다'고 투정이지만, 그 물로 풀을 쑤어 열무 김치나 나박 김치를 담그면 남편이 가장 먼저 찾는다.

　어느 날, 여느 때처럼 베란다에 햇빛이 들어오자 항아리 뚜껑을 열었다. 맑은 물 속을 들여다 보니 내 마음에서도 바이오가 살아 움직이는 것만 같았다. 그런데 언뜻 뭔가 움직이는 것이 보였다.

　코가 물에 잠길 듯 들여다 보다가 질겁하여 소리쳤다.

　"에그머니나, 이 물로…."

　작은 거북이 두 마리가 항아리 밑바닥에 꼼짝 않고 있는 것이었다. 이 물로 밥이랑, 국이랑, 된장찌게랑, 물 김치를 만들었는데, 언제부터 거북이가 들어 있었을까? 아이들 장난이 분명했다. 그날, 아이들이 돌아오기를 기다리는 시간이 무척이나 길게 느껴졌다.

엄마 손은 수세미

내가 살고 있는 아파트 입구에 수세미 넝쿨이 한 그루 있었다. 누가 심어 놓았는지 모르지만, 늦여름이 되자 노오란 꽃을 피워 올렸다. 그 옆 공터에는 요즘 보기 드문 봉숭아꽃이 있었다. 나는 한여름 내내 수세미와 봉숭아를 번갈아 보면서 혼자만의 즐거움에 젖곤 했다.

가을이 되자 수세미 넝쿨에는 수세미가 주렁주렁 매달리기 시작했다. 올해에는 나도 수세미 하나 얻을 수 있겠다 싶었다. 그런데 어느 날 갑자기 수세미 넝쿨이 눈에 보이지 않았다. 사람들이 앞다투어 수세미를 가져가 버린 것이다. 수세미를 하나 얻을 수 있다는 꿈이 깨진 것도 서운했지만, 그보다는 수세미 넝쿨을 바라보며 키웠던 내 정서가 시멘트 바닥에 내팽개쳐진 듯하여 마음이 무척 아팠다.

시멘트 문화에 길들여진 아이들에게 싹이 트고 자라나 꽃 피우고, 열매를 맺는 수세미가 있다는 것을 가르쳐 주고 싶었는데, 그런 기회마저 빼앗긴 것 같아 아쉬웠다.

수세미 꽃이 참으로 아름답다고 느낀 것은 초등학교 3학년 무렵이었다. 제일 친한 친구였던 도희네 집에서였다. 지금도 뚜렷하게 기억되는 그녀의 집 대문 색깔은 잘 익은 홍시빛이었다. 그 홍시빛 대문 옆에 봉숭아 밭이 있었고 마당 안뜰에 수세미 넝쿨이 있었다. 그때는 그게 수세미인 줄 몰랐다. 꽈배기처럼 비틀며 올라간 줄기에는 밤톨만한 연둣빛의 콩방울들이 조롱조롱 매달리는 넝쿨로만 여겼다.

한여름이 되면 그녀는 손톱을 빨갛게 물들이곤 했다. 나는 그녀가 무척 부러웠다. 팟빛으로 곱게 물든 그녀의 손톱이 둥근 보름달에서 반달로, 그리고 초승달로 차츰 변하는 모습이 안타깝기도 했다.

어느 날 그녀는 내게 봉숭아 꽃잎을 한 움큼 따다 주었다. 내가 부러워하는 걸 눈치챈 것이다. 나는 할머니에게 달려가 봉숭아 물을 들여 달라고 졸랐다.

할머니는 관사 앞 공터에 무성하게 자라는 아주까리 잎을 따서 봉숭아 꽃물을 들여 주었다. 그러나 이튿날 아침에 풀러 보니 실만 빨갛고 손톱은 밋밋한 분홍빛이었다.

왜 도희의 손톱처럼 빨갛게 물들여지지 않았을까. 그녀는 마음이 착하고 욕심이 없고 거짓말을 하지 않는 사람의 손톱만 빨개진다고 자랑했다. 자기는 마음이 착해서 빨간 물이 들고 나는 나쁜 마음이 남아 있기에 그렇지 못하다는 것이다.

그날 이후, 나는 봉숭아물을 들일 때마다 거짓말을 한 것과 욕심을 부리고 떼를 쓴 일 등을 뉘우치면서 두 손을 가슴 위에 얌전히 올려 놓고는 잠들곤 했다.

이상하게도 그 다음날이면 손톱에 봉숭아물이 아주 빨갛게 물들곤 했다. 그녀와 나는 수세미 넝쿨 밑에서 고무줄을 타고 놀았다. 넝쿨 위로 달걀 노른자 같은 노오란 꽃들이 투명한 햇살을 받으며 엷게 피어날 때 그녀는 "저게 수세미 꽃이야!" 라고 일러 주었다. 가을이 되자 무성한 넝쿨 속에 호박 같기도 하고 살찐 오이 같기도 한 수세미가 초록빛 고드름처럼 주렁주렁 매달렸다.

어느 날, 그녀는 엄마가 준 것이라면서 수세미 세 개를 내게 주었다. 수세미를 받아든 어머니는 마당 한 가운데서 수세미의 배를 갈랐다. 수세미는 참으로 이상했다. 오이는 그대로 먹을 수 있고 호박도 훌륭한 먹거리인데, 수세미 속은 알 수가 없었다. 뿌리가 줄기를 타고 올라온 것이라고 할 정도의 실핏줄 같은 창자가 얼기설기 한 속에 씨앗이 줄지어 박혀 있었다.

어머니는 수세미 속을 깨끗이 헹궈내어 양지바른 곳에다 말리고, 수세미를 꼭 짠 물은 얼굴에 바른다고 따로 병에 담았다.

어린 시절, 나는 설거지는 수세미나 행주로만 하는 줄 알았다. 천연 수세미는 요즘의 세제처럼 거품이 나지는 않지만 찌꺼기가 딱딱하게 달라붙은 웬만한 그릇들을 말끔히 씻어내는 데는 일품이었다.

어머니는 세제를 쓰지 않고 쌀뜨물을 따뜻하게 데워 기름이 묻은 그릇을 씻거나 빨래 삶은 잿물을 버리지 않고 잘 두었다가 반찬 그릇들을 말끔히 씻어내곤 했다.

그런데 언제부터 우리는 세제로 설거지를 해야 말끔해진다고 생각하게 되었을까. 요즘 사람들은 세제를 쓰지 않고 설거지를 하면 궁상을 떤다고 여긴다. 목욕을 하거나 머리를 감을 때에도 거품이 일지 않으면 개운치 않다고 한다. 거품을 없애려면 얼마나 많은 물이 필요한가를 전혀 생각지 않는 것이다. 인공 수세미를 쓰면서 그릇에 생채기를 내는 일을 한두 번 겪은 것도 아닐텐데…

몇 달 전, 나는 슈퍼에서 천연 수세미를 보고 무척 반가웠다. 그 자리에서 얼른 다섯 개를 사서는 외국에 사는 동생에게 세 개를 보내주고, 나머지 두 개는 소꿉 친구 도희와의 옛 추억을 더듬으며 사용했다.

수세미 열매는 참으로 신기하다. 식물에 불과하지만 더러움을 닦기 위해 제 온몸을 희생하니 기특하기 그지없다. 하찮은 수세미도 더러움을 닦아내기 위해 세상을 사는데 나는 무엇인가 생각하게 된다.

하루는 설거지하면서 막내 녀석에게 "엄마 손도 훌륭한 수세미"라고 말해주자, 녀석의 대답이 제법 어른스럽다.

"닦기만 하는 게 무슨 손이에요? 그냥 부드러운 엄마 손이 좋아요 수세미는 닦는 것뿐이지만 엄마의 손에는 사랑이 있잖아요 배탈 나면 내 배를 쓸어주고…"

토종밤과 아버지

누구에게나 아버지에 대한 추억은 각별하다. 나 역시 예외는 아니다. 젊은 시절의 아버지는 삶에 대한 열의가 무척 적극적이었고 인간미가 넘쳤던 것으로 기억된다. 나의 아버지인지라 그렇게 느끼는 게 당연한 일일지도 모르지만….

나의 친정은 6·25 직후 부산에서 7년 남짓 살았다. 우리 가족이 살았던 수정동 집은 할아버지가 둘째 아들인 아버지에게 결혼 선물로 사준 집이었다. 그런 까닭일까, 나는 서울이 고향이지만 '나의 살던 고향'이란 노래가 나올 때면 서울보다는 부산을 먼저 떠올리곤 한다.

다섯 살 때의 기억이다.

아버지는 가끔 트럭에다가 장작을 팰 통나무를 가득 실어오곤 했다. 마당이 '쿵! 쿵!' 하고 울리면, 나는 두 발을 곤두세우고 유리창에다가 코를 들이밀고는 아버지가 장작 패는 모습을 열심히 내다보곤 했다.

아버지는 웃옷을 벗어 던진 채 도끼로 통나무를 패어 장작을 한켠에 쌓았다. 열기에 달아오른 아버지의 얼굴은 땀으로 뒤범벅이었다. 하지만 도끼날에 짝짝 갈라지는 참나무의 향내가 온 집안에 가득 번져 참으로 향기로왔다.

그때 쯤이면, 나는 냉수 한 사발을 아버지에게 갖다 드렸다. 아버지는 단숨에 비우고는 수건으로 얼굴을 훔친 다음, 인형같이 작은 나를 두 손으로 번쩍 들어올렸다가 내려 주었는데, 당시 내 기분은 온몸이 오싹한듯 짜릿했다.

아버지는 방안에서 밤을 즐겨 깠다. 호주머니에 작은 칼집을 넣고 다녔는데, 그 칼집 안에는 병따개, 손톱깎이, 가위 등이 달려 있었다. 아버지는 병따개가 달린 작은 칼을 주로 썼다. 그리고 껍질을 간 밤을 하나 둘 포개어 마치 성벽을 쌓아놓은 듯 했다.

나는 아버지 앞을 왔다갔다 하면서 밤을 한 개씩 집어먹었다. 그럴 때면 아버지는 으레 이런 저런 이야기를 해주었는데, 지금 생각하면 밤을 미끼로 삼아 딸과 대화를 나누려는 계산이었던 것 같다. 하지만 더 이상 간 밤이 없으면 나는 슬그머니 아버지 곁을 빠져나오곤 했다.

아버지는 휴일이면 우리 형제들의 필통을 모두 가져오도록 했다. 그리고는 커다란 신문을 펴놓고 헌 면도칼로 연필을 곱게 깎아서는 필통에다가 키 순서대로 넣어 주곤 했다. 김장 때가 되면 밤은 물론이고 생강도 깠는데, 몸이 불편해서도 그 일을 멈추지 않았다. 움직일 수 있는 한 뭔가 하고 싶은 탓이리라.

요즘에도 나는 가을이 나뭇잎에 깊숙이 스며드는 스산한 계절이면 햇밤을 산다. 이젠 이 세상 사람이 아닌 아버지가 그 햇밤과 함께 다시 내 마음 안에 살아 돌아오는 것처럼 느껴지기 때문이다. 생밤으로 먹거나 쪄 먹거나, 때로는 밤밥까지 하면서 아버지를 그리워한다.

얼마 전, 햇밤 한 되를 사서 신문지를 깔고는 어린 시절에 아버지가 했던 것처럼 성벽을 쌓듯 차례로 까놓았다. 그리고는 야금야금 먹기 시작한 게 나 혼자 밤 한 되를 다 먹어치웠다. 남편은 내가 그토록 배가 큰 여자인 줄 미처 몰랐다고 했다.

나는 밤을 무척 좋아한다. 제사 때가 되면 까 놓은 밤들을 누가 먹을까 봐 미리 찜 해놓을 때도 있다. 남들은 생밤은 텁텁해서 맛이 없다고 하지만 나는 생밤이 좋다. 송편을 빚을 때도 속을 밤으로 가득 채운다. 밤송편인 셈이다. 아이들도 상당히 좋아하는데, 함께 악을 쓰고 살다 보면 입맛이 얼추 같아지는 모양이다.

아이들이 밤송편을 먹을 때마다, 나는 아버지가 내게 들려주었던 이야기를 그대로 전하며 외할아버지의 기억을 심어준다.

우리집에는 제사가 많다. 특히 종손 며느리인 나로서는 해마다 꼬박꼬박 찾아오는 제사에 남달리 신경을 써야 하는데, 큰 제사만 해도 일 년에 여섯 차례이다.

제사 날, 밤을 까는 일은 남편 몫이다. 처음에는 까기 귀찮은데, 시장에서 깐 밤을 사 오는 게 어떠냐고 우기기도 했지만, 요즘에는 밤 까는 일을 즐거워한다.

나이 탓인가, 제사가 아니더라도 밤밥이나 밤요리를 해먹는 날이면 내 곁에서 열심히 밤을 까는 모습이 사랑스럽다. 남자가 나이를 먹으면 아내의 일을 도와주고 싶은 심정은 옛사람이나 요즘 사람이나 같은가 보다.

이대로 죽을 수는 없잖아

　　　　꽃 한 송이에서 감동을 받은 적이 있다면 사람들은 특별하게 귀한 꽃일 것으로 생각하기 쉽다. 때로는 "뭐, 그렇게 감동까지?"라고 내심 의아해 할 사람도 있을 것이다. 같은 아파트에 살던 선배가 이사를 가면서 제라늄 화분 하나를 대신 맡아 달라고 했다. 내가 못미더웠던지 "절대 죽이면 안 돼!"하며 몇 번이고 신신당부하고 떠난 지 벌써 1년이 되었다.

　처음 얼마 동안은 그 화분에 상당히 신경을 썼다. 여름볕이 뜨거우면 응달에 두었다가 장마비가 내리면 집안으로 들여놓는 등 잔신경을 많이 썼다. 그런데도 이상하게 이웃집의 제라늄은 피고 졌는데, 우리 집 제라늄만은 꽃이 필 생각을 전혀 안하고 있다.

　'화초같은 아이' 셋을 정성 들여 키우고 있는 나로서는 그 무덤덤한 제라늄의 반응에 약이 올랐다. 열 달 가까이 애를 썼는데도 달라진 건 하나도 없었다. 결국 내 관심은 화분으로부터 점점 멀어져 갔다. 겨울이 다가오자, 나는 아무리 내 마음을 몰라주는 꽃이지만 멀쩡

한 생명을 얼려 죽일 수는 없다고 생각해서 베란다의 한구석으로 옮겨 두었다. 제라늄은 마르고 목이 탔는지 잎새가 눈에 띄게 시들해지고 금방 가쁜 숨을 내뱉을 것 같았다. 화분을 쳐다볼 때마다 "절대 죽이면 안 돼!"하던 선배의 목소리가 들리기에 할 수 없이 욕실로 옮겨 샤워를 시켰다.

"자주 물을 주지 못해 미안해. 하지만 기운을 차려야 돼. 지금 이대로 죽을 수는 없잖아. 세상에는 얼마나 아름다운 것들이 많은데 그냥 죽니?…"

마음속에서 우러난 연민의 말을 몇 마디 했다.

며칠 후, 놀랍게도 마른 잎 사이에 붉은 꽃봉오리들이 총총히 달린 가지가 눈에 띄었다. 그 순간 나는 꼼짝 할 수가 없었다. 색종이가 아니었다. 분명 제라늄 꽃봉오리였다. 이제 갓 피어나려고 안간힘을 쓰는 그 모습은 그야말로 충격이었다.

나는 부끄러웠다. 온갖 질시와 천대를 받았으면서도 꽃을 피우기 위해 최선을 다하는 자연의 힘 앞에 부끄럽기 짝이 없었다. 꽃이 피지 않는다고 하여 아무렇게나 내팽개쳤던 나의 경솔한 행동이 후회되었다. 결국 나는 한 겨울에 일곱 송이의 주홍빛 꽃을 얻게 되었다.

그 꽃이 이런 말을 나한테 건네는 것 같았다.

'속단하는 것처럼 어리석은 일은 없다. 아무리 어려워도 느긋하게 한번쯤 기다려 주는 여유가 필요하다'라고

새삼 이제부터는 말썽꾸러기들인 세 아이를 느긋한 마음으로 기다리리라 다짐했다. 내일을 함부로 속단하지 말되, 현재 살아가는 과정에 최선을 다할 수 있도록 용기를 주는 일이 내몫인 것 같다.

비둘기 미워하는 아이들

학교에서 돌아온 큰딸의 표정이 예사롭지 않다. 눈살을 찌푸리며 시무룩하다.

"애야, 학교에서 무슨 일이 있었니?"

"엄마, 아침에 죽은 비둘기를 봤는데, 집에 올 때 또 차에 깔린 비둘기를 봤지 뭐예요"

딸아이는 도시락 가방을 싱크대 위에 올려 놓고는 제 방으로 횡하니 들어가 버린다. 여느 때처럼 빈 도시락이겠거니 했는데, 밥을 절반이나 남겼다. 다시 불러 까닭을 물으니, 내장이 드러난 채 죽어 있는 비둘기가 자꾸만 떠올라 도무지 먹을 기분이 안 난다는 것이다. 간식을 권했지만, 그것마저 싫다고 했다.

요즘 우리 아파트는 바람처럼 날아드는 비둘기 떼에 몸살을 앓고 있다. 10년 전만 해도 서너 마리씩 날아오기에 처음엔 아이들이 유치원에 갈 때 일부러 새 먹이를 사서 보내 주곤 했었다.

그런데 이젠 비둘기가 너무 많아서 먹이를 주려면 하루 간식비를 털어야 할 형편이다.

1~2분을 다투는 출근 시간에도 비둘기는 아파트 단지 한복판에서 꼼짝도 않는다. 클랙슨 소리에도 무덤덤하다. 자동차는 그런 비둘기를 조바심 속에 헤집고 지나가야 한다. 비둘기가 자동차에 깔려 죽어 있는 모습을 보는 것도 안쓰럽지만 출근길에 비둘기를 깔아 죽이고 출근하는 사람의 마음은 더 안쓰럽지 않을까.

가을이 무르익은 어느 일요일, 우리 가족은 오랜만에 고궁 나들이를 했다. 눈이 시리도록 푸른 가을 하늘 아래 참으로 단란한 시간을 보냈다. 문득 옛 건물의 지붕 끝자락 단청이 비둘기 배설물로 더럽혀져 있는 것이 눈에 띄었다.

남편은 건축가답게 비둘기의 배설물은 워낙 독해서 잘 씻겨지지 않는다고 했다. 단청의 색채를 그대로 보존하려면 하루 빨리 비둘기 떼를 쫓아내야 한다는 것이다.

"새를 못살게 굴면 자연 보호가 아니잖아요?"

아이들의 반문이 시작되었다.

문화재 보호냐, 아니면 자연 보호냐. 그런데 남편은 엉뚱한 소리를 해댄다. 통닭이나 참새구이처럼 비둘기 구이를 먹으면 어떠냐는 이야기이다. 이 때, 막내 아이가 한술 더 뜬다.

"아빠, 비둘기 구이 맛이 어떨까요?"

"통닭 맛이지, 다위가 좋아하는…."

남편은 넌즈시 아이의 눈치를 살피며 대꾸한다.

"아빠, 참새구이랑 비슷해요? 어떤 게 더 맛날까요?"

자못 막내의 말투가 심각하다.

　막내는 학교에 갈 때 머리 위로 비둘기 똥이 떨어져 기분이 나쁘다고 했다. 그것도 한두 번이 아니라 자주 떨어져, 때로는 비둘기를 잡아먹고 싶은 생각마저 든다고 실토했다. 언젠가 신문을 보니까 런던의 한 공원에는 일 년 내내 앉은 자리에서 비둘기를 모자로 잡아 즉석 통비둘기구이를 해먹는 사람이 있었다는 얘기를 덧붙였다.

　'비둘기처럼 다정한 사람들이라면…'
　이렇게 시작하는 노래를 흥얼대는 나에게 남편은 "똥만 싸고 새끼만 낳는 비둘기가 뭐가 좋아?" 핀잔을 준다. "꼭 우리 가족 같네" 했다가 남편과 대판 싸웠다.

포크가 젓가락보다 편해요

아이들 도시락을 싸다 보면 젓가락을 넣어 주려고 신경을 쓰는 데도, 이상하게 포크를 넣어 줄 때가 더 많다. 특히 막내 아이는 포크를 넣어 달라고 일부러 조르기까지 한다. 젓가락이 불편한 모양이다.

딸아이만 해도 그렇다.

손에 습진이 있어 포크를 사용케 했는데 습진이 다 나은 지금까지도 젓가락질을 배우지 못했다. 밥 먹을 때 유심히 살펴보면 젓가락을 잡기 편리한 대로 손가락에 끼워 사용한다. 올바르게 고쳐 주려 해도 이미 습관이 되어 잘 바뀌지 않는다.

포크와 젓가락을 비교해 보면, 젓가락은 참으로 지혜롭다. 젓가락은 그 하나로 음식을 가르기도 하고 집어먹기도 하지만 포크는 집는 역할 하나만 할 뿐이다. 포크로 찍어 먹는 것보다 젓가락을 살포시 놀려 이것저것 다양하게 집어 먹을 수 있어서 좋다.

또 젓가락은 유아의 신경 발달에도 좋다고 한다. 갓난 아기 때부터 젓가락을 사용하면 뇌의 신경 근육을 발달시켜 영리한 아이로 키울 수 있다는 것이다. 음식물을 곧장 입으로 가져가기보다는 음식을 가르거나 집는 동작을 하는 사이에 먹는 기다림을 맛볼 수 있게 된다는 것이다.

대학 시절, 기숙사에서의 일이었다.

한 식탁에 다섯 명씩 앉아 식사를 하는데 젓가락질하는 모습들이 하나같이 달랐다. 그런데 모두들 자기가 정식이라고 주장한다. 그 중 유달리 눈에 거슬리던 후배가 있었다. 그 후배는 여덟 살까지 엄마가 음식을 떠 먹여 주었기 때문에 젓가락 잡는 법을 모른다고 했다.

그로부터 몇 년 뒤, 미국 유학을 다녀온 그녀와 식사를 할 기회가 있었다. 유창한 영어 발음에 세련미가 흘렀는데, 젓가락질만은 예전과 달라진 게 하나도 없었다.

"젓가락질이 옛날과 하나도 달라지지 않았네?"

그녀는 하나도 부끄럽지 않은 듯 '고치려고 노력해본 적이 없다'고 말했다. 나는 그녀가 대학 강단에서 명강의를 한다고 해도 가장 기본적인 젓가락 잡는 법을 모른대서야 어떻게 아이들을 가르친다고 할 수 있을까 싶어 아쉬운 느낌을 지울 수가 없었다.

'세 살 버릇이 여든까지 간다'는 말은 틀린 말이 아니다. 그녀를 보면서 무슨 버릇이든 '어렸을 때 바로 잡지 않으면 평생을 간다'라는 진리를 확신했다. 시대가 변했으니 젓가락질을 하든 못하든 중요하지 않다고 생각할 수도 있겠지만, 우리것을 지키려는 사람을 보면 그렇게 반듯해 보일 수가 없다.

　텔레비전에서 어떤 여대생이 외국인들에게 젓가락 사용법을 가르쳐주는 모습을 본 적이 있었다. 그런데 그녀가 가르치는 방법은 불행하게도 틀렸다. 틀리게 가르치는 그 여학생을 따라 외국인들은 천연덕스럽게 젓가락질을 잘 하고 있었다.

　젓가락을 올바로 잡는 것은 아주 사소하고 작은 일일지 모른다. 하지만 그 속에서 나라를 위하는 마음이 싹튼다는 걸 잊어서는 안될 것이다.

예쁜 메모지 사는 주부

나는 늘 메모지를 갖고 다닌다. 아이들의 학교 준비물을 사려고 문방구에 들어갔다가 새로 나온 메모지를 구경하다 보면 준비물을 사 달라던 아이들의 부탁은 깡그리 잊기 일쑤다.

특히 예쁘장한 메모지로 쓸 작은 공책을 사는 날이면 괜히 부자가 된 기분이다. 그런 기분에 젖어 만지작거리고 걸어나오다가 "아, 참! 막내 준비물…" 하면서 문방구로 다시 달려가곤 한다.

내가 메모를 시작한 것은, 중학생 시절이었다. 수녀님들이 긴 속주머니에다가 메모지와 연필을 넣고 다니는 것을 보면 그렇게 부러울 수가 없었다. 그때부터 지금까지 잠자는 시간을 빼놓고는 늘 메모지를 곁에 두고 있다.

메모지를 갖고 있으면 좋은 점이 한두 가지가 아니다.

길을 걷거나 잠들기 전, 현관을 나서려는 순간, 그리고 아무 생각없이 멍하니 서서 창밖을 바라보고 설 때 언뜻 스쳐가는 생각들을 메모한다. 그때 당장 기록해 놓지 않으면 '좀전에 근사한 생각을 했었는데

도대체 뭘까?' 하고 아무리 머리를 굴려도 도무지 생각이 떠오르지 않는다.

때로는 점점 깊어져 간다고 여기던 계절이 어느새 물러갔다고 느꼈을 때의 경이로움을 적어 놓기도 하는데, 훗날 들여다 보면 매우 훌륭한 글감이 아닐 수 없다. 마치 무대가 움직이는 것을 미처 느끼지 못했다가 막이 바뀐 뒤 우연히 나 자신을 발견했을 때 맛보는 신비감 같은 것이라고나 할까.

메모지를 찾는 습관은 애연가들이 담배 한 개피를 찾기 위해 온 주머니를 뒤지는 것과 같다.

오늘 적은 메모지를 들여다 본다.

잡지사로부터 받은 원고료, 짧은 기도말, 그리고 저녁에 찬거리할 고등어 두 마리가 적혀 있다. 앞장에는 아이들의 간식거리나 꿰맬 양말 한짝, 나의 푸른 머리핀, 식초와 대파를 사야 한다는 내용이 기록되어 있다.

일상의 소소한 일들을 메모하다 보면, 당장 해야 할 일과 절제해야 할 일, 또 하면 안될 일까지 구분할 수 있어서 좋다. 어떤 때에는 생생하게 남아 있는 꿈의 줄거리나 색깔도 적고, 반복되는 꿈 내용을 기록해 두기도 한다.

그런가 하면, 메모지에 기록된 지난 삶의 파편들을 유심히 살펴보는 일도 괜찮다. 절망이라고 느꼈던 부분들이 희망으로 바뀌어 있고, 틀림없다고 여겼던 인간 관계가 사막으로 뒤바뀌어 있을 때가 있다. 자만을 좀더 자제하며 침묵하라고 이르고, 좌절했던 침울한 시간들은 늘 깨어 의식을 새롭게 가지라고 타이르곤 한다.

메모를 해놓기 잘했다는 생각은 특히 마음이 산만하여 이것저것 잊어버릴 때 강하게 든다. 항상 잊지 않으려고 노력할 필요가 없을 뿐더러 잊을 염려도 없기 때문이다. 메모하는 습관 못지 않게 그 메모지를 들여다 보는 습관을 기른다면 생활의 여유를 한껏 누릴 수 있을 것이다.

점점 중년의 아줌마가 되는데도 마음만은 젊은 처녀 시절인 것 같다. 여전히 빈 종이를 보면 낙서하기를 즐긴다.

내 마음이 유리병 같다면

　　우리집 부엌에는 빈 병이 많다. 맥주병에서부터 커피병에 이르기까지 다양하다. 쓸쓸이가 있을 것 같아 옆으로 밀쳐 놓으면 며칠이 지나지 않아 빈 병이 가득히 쌓인다. 그러면 하나 하나 씻어 햇볕이 드는 곳에 두고 물기를 말린다.

　깨끗하게 씻은 병을 밝은 곳에 비추어 보면 거기에는 손자국이나 묵은 때자국이 그대로 환하게 드러난다. 이상하게도 깨끗한 병일수록 손때가 선명하게 보인다. 대강 닦을 경우, 웬만한 먼지 따위는 티도 안난다. 그럴 때면, 유리병이 내 마음같이 느껴진다. 다시 닦는데, 시간이 오래 걸려도 말끔하게 씻으려고 애쓴다.

　대한항공 승무원으로 근무하던 처녀 시절에는 휴일날이면 하루종일 방안에 처박혀 잠을 자곤 했다. 스트레스는 잠으로 달래는 게 최고의 약이었다. 허리가 아프도록 자고 나면 뒷마당부터 갔다.

　우물가에는 언제나 물이 가득 담긴 큰 물통이 있었다. 순간, 무엇이든지 씻고 싶다는 충동을 느꼈다. 나는 구석에 모아 둔 빈 병 중에서 맵시 나는 것을 골라냈다. 비누로 닦은 뒤, 맑은 물로 여러 번 헹궈서 장독 입구에 줄줄이 세워 놓곤 했다.

한 번은 다 닦았다고 생각하여 방안으로 들어가려는데, 물통 안에 유리병 한 개가 남아 있었다. 그 유리병마저 닦은 다음 담 위에다가 엎어 두었다.

며칠이 지나자, 장독 입구에 세워둔 유리병 속에는 빗물과 함께 거머리와 하루살이와 개미들이 드나들어 보기에 흉했다. 다시 씻어야겠다고 마음 먹고는 우물가로 가져가는데, 무심코 담 위에 시선이 머물렀다. 엎어둔 유리병 안으로 햇살이 가득 들어와 빛을 발하고 있었다. 일곱 가지 색깔의 무지개가 꽉 들어찬 그 모습이 참으로 아름다워 한동안 넋을 놓고 바라보았다.

말끔하게 닦아 놓아 물기마저 빠져 나간 육각형의 유리병에 햇빛이 굴절되면서 무지개가 생긴 것이다. 문득 땟자국이 하나도 없는 인간의 마음 역시 저렇게 아름다운 모습일 것이라는 생각이 들었다. 하지만 그런 순수한 마음을 간직하기가 어디 쉬운가.

주부의 하루 일과만 해도 그렇다.

빨래다, 청소다, 설거지다 하여 아침부터 밀린 일에 짜증을 내고 통명스런 말을 던지면, 아이들은 한술 더 떠서 말대꾸를 한다. 남편에게도 무뚝뚝하거나 무관심하면 그 역시 기분이 나쁜가 보다.

반대로 내 마음이 평화로우면 가족들에게 그 마음이 전해져서 따뜻한 응답을 받는다. 그래서일까, 주부는 참고 견뎌야 한다는 구닥다리 생각을 다시금 하게 되나 보다.

"너, 전에도 학교에서 우산을 두 번이나 잃어버렸어! 오늘 또 안 갖고 오면 네가 저금한 돈으로 꼭 사와야 돼, 알았지!"

비오는 날 아침, 혹 우산을 잃어버릴까 봐 엄포를 놓으면 막내 아이는 말 없이 고개를 숙이고 무거운 가방을 등에 진 채 현관문을 나선다. 순간적으로 아이의 뒷모습이 목젖을 울린다. 이거야말로 칼만 들지 않았지, 아이들을 위협하는 날강도나 다름없지 않은가.

나는 아이들의 순수함을 발견할 때면 내 양심이 얼마나 무뎌지고 있는가 놀랄 때가 한두 번이 아니다. 아이들과 같은 천진난만한 사고 방식을 그대로 간직할 수는 없을까.
아이들은 깨끗한 유리병으로 매일 매일 내게 등불을 밝히며 다가오는 스승이다. 아이들의 거짓없는 투명한 생각을 통해 하루 하루 성숙해지는 것이야말로 내가 받은 가장 큰 선물일 것이다.

지혜를 수집하는 엄마가 되고싶다

　해마다 크리스마스가 가까워 오면 집안 분위기가 술렁인다. 온 가족이 동원되어 베란다에다가 크리스마스 추리를 만들곤 하는데, 눈이 내릴 때면 더욱 감상적인 분위기가 연출된다. 나는 추리를 만드는 일이 무척 번거로운데 가족들은 즐거운 모양이다. 추리를 만들 때는 마치 옛날 학예회를 준비하면서 색종이로 교실 창문과 벽을 예쁘게 꾸밀 때와 같은 동심에 젖는다. 가족 선물을 오색 추리 아래에다가 묶어 두면 아이들은 그 선물이 무엇일까 상상하는 게 더없이 흥미로운가 보다.

　지난 해 크리스마스에는 중학생인 큰딸이 열 살인 막내 동생에게 우표꽂이를 선물했다. 형이 모아 둔 각국의 우표들을 막내가 고스란히 물려받았기 때문에 수집책이 필요하다는 것을 알아서 챙겨준 것이다. 그런 모습에서 문득 어린 시절이 떠올랐다.

　나는 초콜릿 냄새가 채 가시지 않은 상자에다가 천조각을 모았다. 할머니가 명주 보자기에 차곡차곡히 모아 둔 천조각이 환상적이라고 느껴 흉내냈던 것이다. 할머니는 곧잘 치마 저고리를 마름질해서 손수 만들어 입었고, 버선도 닳은 부분에 하얀 옥양목을 대고 기워 신었다. 나도 고사리 손으로 버선 바닥을 기워 보았다.

초콜릿 상자에 노오란 명주, 자줏빛 벨벳, 녹두빛 중국 호박단, 물항라 빛 깨끼, 색동 이불감 등 알록달록한 옷감들이 가득 차면 흐뭇했다. 언젠가, 내가 조르지도 않았건만 할머니는 햇솜으로 통통하게 살이 오른 가랑머리의 인형을 만들어 주었다.

국민학교 3~4학년 때에는 사금파리를 모았다. 사금파리로 땅따먹기를 즐겼다. 동그란 눈알 같은 사금파리 조각을 엄지와 중지의 손톱으로 조준하고 있으면 햇빛에 사금이 반짝거려 눈부셨다. 깨어져 나온 사기그릇 조각에는 이따금 색깔 있는 푸른 풀꽃이나 물고기, 이름을 알 수 없는 미미한 꽃잎들이 새겨져 있었다.

그 때는 누가 더 예쁜 사금파리로 땅바닥을 많이 따먹는가 하는 게 고민거리였다.

공깃돌도 모았다. 길을 가다가 그럴싸한 돌맹이를 보면 호주머니에 넣고는 집에 돌아와 방안에 숨겨둔 양철통에 담아 두곤 했다. 눈깔사탕 만한 공깃돌을 치마에 가득 담아서는 땅바닥에 쏟아 놓고 공기놀이를 했는데, 운이 좋은 날은 공기를 꽤 많이 딸 수 있었다.

어느 날, 동냥을 온 거지의 밥그릇이 내것과 흡사한 것을 보고는 양철통에다가 놀이감을 담아 두지 않겠다고 마음먹었다. 그 추억을 잊지 못한 탓일까, 우리집에는 지금도 공깃돌이 있다.

고등학교 시절에는 예쁜 그림카드에 관심을 쏟았다.

　예쁜 카드에다가 깨알 만한 글씨로 사연을 적어 좋아하는 친구들에게 보내느라 잠을 설치기도 했다. 때로는 나뭇잎이나 꽃잎, 들꽃을 주워다가 책갈피에 끼워 정성스럽게 말려서는 그 위에 '사랑'이니 '우정'이니 하는 글자를 적어 친구들에게 선물하기도 했다. 그런가 하면 아버지가 매일 가져다 주는 성냥갑을 모으기도 했다.

　어린 시절에는 그저 즐거워서 모았고, 커서는 친구와 함께 놀기 위해 모았다. 그리고 직장 생활을 하면서부터 가까운 사람들이 주는 성의 때문에 수집품이 늘어났다. 하지만 마음이 달라져 애써 모은 것들을 남한테 몽땅 주거나 버리기도 했다.

　결혼한 다음에는 책을 모았다. 또 신문에서 읽을 거리가 될 만한 것들을 스크랩하곤 했다. 역시 남에게 주거나 버려서 지금은 책도 별로 없는 빈털털이가 되었지만, 날마다 뭔가 수집하고 있는 느낌은 지울 수가 없다.

　어떤 이들은 돈을 모으고 보석류를 수집한다. 남에게 봉사하기 위해 물건을 수집하기도 한다. 폐품을 모아 불우한 이웃을 돕거나 아예 불행한 사람들을 위해서 자기의 삶 전부를 내주는 사람들도 적지 않다.

어린아이일수록 받고 싶어한다. 우표를 얻어다 주거나 카드나 스티커, 머리핀을 주면 무척 기뻐한다. 특히 인기있는 만화 주인공의 그림을 얻어다 주면 무척 신바람을 내는데, 주는 사람도 즐겁다. 하지만 어린아이일수록 자기 것을 남에게 주기 싫어한다. 뺏긴 기분이 드는 것일까.

물론 커 가면서 달라진다. 둘째가 셋째에게 우표책을 물려준 것처럼 막내 녀석도 수집했던 물건들이 가치가 없다는 것을 깨닫는 순간이 올 것이다.

그렇다면 나는 무엇을 수집해야 하는가.

모양새가 좋은 그릇이나 동양란, 돈을 모아야 할까?

그렇지 않다. 지혜를 모아서 집안일과 나 자신의 일을 자유롭게 넘나들어야 한다. 아내로서, 엄마로서 지혜를 모아야 할 것이다. 밥하고 설거지하고, 아이들과 남편을 뒷바라지하고, 그리고 글쓰는 일을 곁에 두고 싶다.

비닐봉지로 인심 쓴 친구

우리 아파트의 슈퍼에서는 물건을 사면 비닐 봉지 대신 누런 재생봉지에다가 담아 준다. 그럴 때마다 환경 보호를 일상에서 실천하고 있는 가게 주인이 고맙게 느껴진다.

종이 봉지를 사용하는 곳은 여기만이 아니다. 튀긴 고구마나 번데기, 풀빵을 살 때에도 책이나 광고지를 뜯어 만든 종이 봉지를 흔하게 볼 수 있다. 인건비 부담이 적지 않을텐데 종이 봉지를 사용하는 가난한 사람들의 마음 씀씀이가 존경스럽다.

얼마 전까지만 해도 야채나 생선을 파는 가게에서 물건을 사면 으레 신문지에 돌돌 말아 주었다. 그런데 언제부터인가 까만 비닐 봉지가 이를 대신하기 시작했다.

이제는 비닐 봉지가 우리 생활의 구석구석에 자리잡고 있다. 산이나 강에 가보면 다른 쓰레기보다 찢어진 시커먼 비닐 봉지가 즐비하게 쌓여 있다.

쓰레기 종량제가 실시되면서 재활용되는 쓰레기 봉지가 나왔지만 이것만으로는 환경을 보호하기에 부족한 것 같다. 이 비닐 봉지는 탄산칼슘이 20퍼센트 함유되어 있기 때문에 재활용이 가능하다고 한다. 그러나 사용할 때에 일반 쓰레기나 음식 쓰레기를 일반 비닐 봉지에 담은 후 다시 재활용 봉지에 넣기 때문에 과연 탄산칼슘이 함유된 비닐 봉지가 제 역할을 다 하고 있는지 의심스럽다.

오래 전부터 환경 보호를 실천하고 있는 구라파에서는 물건을 살 때면 주부들이 장바구니를 들고 시장에 간다. 물건을 사서 장바구니에 담거나 계산대에 있는 재활용 비닐을 따로 돈주고 사서 거기에 담는다. 돈을 절약하기 위해서라도 장바구니나 사용했던 비닐 봉지를 집에서 갖고 다녀야만 한다.

가끔 시장을 가보면 장바구니를 들고 다니는 주부들이 간혹 눈에 띈다. 예쁜 장바구니를 사서 폼나게 들고 다니면 독특한 패션이라고 주위에서 부러워하지 않을까.

며칠 전이었다.

우리집 일이라고 하면 자기일처럼 발벗고 나서주던 친한 친구가 이사를 가게 되었다. 이사를 가기 며칠 전, 그 친구는 느닷없이 자기집으로 와달라고 연락했다. 이삿짐을 싸는 일을 도와달라는 것으로 알고 서둘러 찾아가니 산더미처럼 쌓인 헌 비닐 봉지를 가져가라는 것이었다.

내가 비닐 봉지를 모았다가 다시 사용하는 것을 알고 있기에 지난 3년간 깨끗한 비닐 봉지만을 한데 모았던 것이다.

차의 앞좌석과 뒷좌석, 그리고 트렁크 속에 꽉꽉 채워 더이상 문을 닫을 수 없도록 싣고도 두 번을 더 운반했다. 절반은 쓰레기를 담는 데 쓰고 나머지 절반은 우리 아파트 내의 수선집과 슈퍼에다 갖다 주었다.

친구는 다음날 다시 와서 남은 것을 마저 가져가라고 했다.

첫째 날은 친구가 애써 모아 둔 마음이 고마워 차가 더럽혀지든 말든 개의치 않고 덥석 받아왔지만, 둘째 날에는 은근히 꾀가 났다.

"그냥 대충 살지, 뭐! 가게에서도 이젠 별로 반기지 않을텐데…"

무의식중에 절로 새어 나온 말이었다. 편리함에 익숙해져서 조그마한 노력도 귀찮아 하는 나의 모습이 그 친구에게 어떻게 비쳐졌을까.

가정주부가 일상 생활에서 행하는 작은 실천들이 이 땅의 환경을 보호하는 데 크게 기여한다. 목적 의식을 갖고서 아무리 사소한 것일지라도 실천하려는 의지야말로 궁극에 가서는 우리 아이들이 마음놓고 살아갈 세상을 만드는 길이다.

어머니가 비닐 봉지 하나라도 아끼는 것을 보고 자란 아이들은 이 다음에 커서도 옳은 일을 실천할 것이라 믿는다.

스티커 '내탓이오' 떼어낸 남편

　　얼마 전, 차를 새로 구입한 친구에게 작은 액세서리 하나를 선물했다. 친구가 믿고 있는 종교를 상징하는 장식인데, 안전운행을 기원한다는 나의 소망을 담았다. 그러고 보면, 요즘 차 안을 장식하는 액세서리는 참으로 다양하다. 대체로 보면, 차 주인이 어느 것을 좋아하느냐에 따라 장식도 다르다. 아이들이 자주 타는 차에는 인형이 많고, 꽃을 좋아하는 사람은 꽃바구니가 눈에 띈다.

　　차의 액세서리 가운데 가장 두드러진 것이 종교와 관련된 것들이다. 염주나 묵주, 십자가를 붙여 놓았거나 '내 탓이오'라는 표어를 붙이기도 한다. 아마도 차를 운전하면서 사고없는 안전 운행이기를 기원하기 때문이리라.

　　그런데 끼어들기나 속도 위반 또는 난폭하게 운전하는 차를 보면 심심치 않게 안전 운행을 기원하는 종교적 상징물을 붙이고 있음을 볼 수 있다. '내 탓이오'라는 스티커를 붙이거나 십자가를 장식한 채 난폭한 운전을 일삼는 차를 보면 갑자기 마음 한 구석이 허전해진다.

때로는 신앙을 갖고 있다는 사람들의 차 운전이 더 거칠 때가 많다. 심지어 십자가가 흔들리고 연꽃이 넘어진 차를 길 한가운데 세워 둔 채 실랑이를 벌이는 운전자를 발견하기란 어렵지 않다.

그들에게는 차가 밀리는 일 따위는 관심조차 없을 뿐더러 자기가 믿고 있는 믿음이란 고작 일요일 예배나 미사를 드릴 때만 존재하는 것으로 착각하고 있는 것이다.

얼마 전 친구는 내가 선물한 장식을 차에서 떼어 냈다. 차를 운전하는 그녀에게 편안해지라고 준 선물이 오히려 부담이 된 모양이다. 그날 보여준 그 친구의 쓸쓸한 미소가 어떤 의미를 담고 있는지를 나는 느낄 수 있었다.

바로 그 날, 남편은 저녁에 들어와서는 면도날을 찾아 들고 밖으로 나가는 것이었다. 씩씩거리는 폼이 뭔가 일이 뒤엉켰음을 눈치챌 수 있었다.

잠시 뒤, 남편은 '내 탓이오'라고 쓴 스티커를 구긴 채 내게 내밀었다. 주차 위반으로 걸렸는데 종교를 가진 사람이 교통법규를 어기면 되느냐는 말에 부화가 치밀었다는 것이다.

교통법규를 일일이 지키지 못하기 때문에 차에 붙인 성체 스티커를 떼내야만 마음이 편하다는 남편을 우두커니 바라볼 수밖에 없는 현실이 서글프다.

머리에 수건 쓴 엄마의 딸

식구들마다 전용 수건을 별도로 정해 놓고 쓰는 집은 별로 없을 것이다. 예나 지금이나 수건은 함께 썼다. 하지만 어릴 적의 우리집은 할머니, 아버지, 어머니, 그리고 우리들의 수건이 따로 있었다. 어쩌다가 숱이 많고 큼지막한 수건으로 얼굴을 닦으면 어머니는 아버지 수건이라면서 쓰지 말라고 했다. 비싼 수건이기에 아껴야 한다는 것이 아니었다. 어른들의 물건은 소중하게 다루어야 존경하는 마음을 갖게 된다는 점을 가르쳐 주기 위해서였다. 반듯한 예의를 자연스럽게 몸에 익히는 가장 좋은 가정교육이었다.

그때부터 아버지가 사용하는 물건들을 닦을 때면 행여나 깨뜨리지나 않을까 무척 조심했다. 어머니는 또 아버지의 물건을 타넘고 지나다니거나 밟으면 버릇이 없다고 했다. 남존여비 사상이라고 생각할 수도 있지만 공동체 속에서 웃어른에 대한 질서와 예절을 가르치기 위한 것이었다.

할머니는 언제나 수건을 곁에다 걸어 두곤 했다.

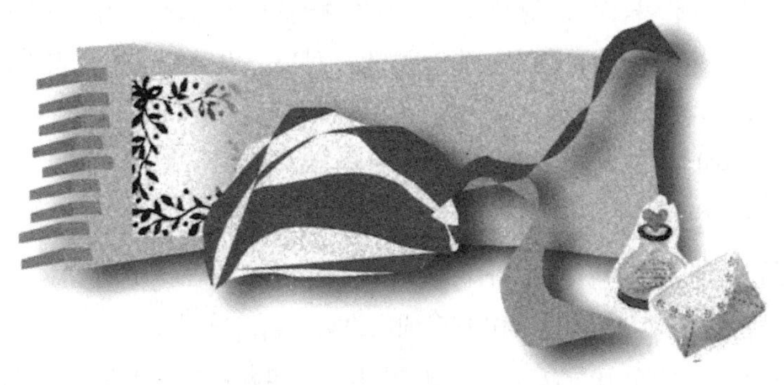

더울 때면 물수건으로 머리에 얹었고 외출했다가 집에 오면 그 수
건으로 옷을 털고 방안으로 들어섰다. 수건이 조금만 더러우면 손수
빨아 삶아서 늘 깨끗했다. 나는 내 수건이 눈에 띄지 않거나 급할 때
면 곧잘 할머니 방에 들어와 그 수건을 사용하곤 했다. 그 때마다 알
싸한 비누 냄새가 콧속에 스미곤 했다. 할머니는 나에게만은 당신 수
건을 쓰게 했고, 더러운 손을 닦아 수건이 지저분해지면 "또 빨면 되
는 걸" 하면서 오히려 안아주기까지 했다.

아버지의 수건을 쓸 때면 가슴이 뜨끔했고, 할머니의 수건을 쓰면 비누
냄새가 났던 기억이 새롭다. 하지만 어머니의 수건을 쓸 때면 그 수건이 어
머니의 것인지 몰랐다. 내가 수건을 찾을 때마다 어머니는 늘 자신의 수건을
내줬기 때문에 어머니의 수건은 항상 내것이기도 했다.

어머니는 일할 때면 머리에 꼭 수건을 둘렀다. 청소나 빨래를 할

때, 음식을 할 때도 수건을 둘렀고 화장을 할 때도 수건을 말아 썼다. '왜 머리에 아라비아 왕자처럼 수건을 두르냐'고 물으면 머리카락이 음식에 떨어질까 봐 모자 대신 쓴다고 했다. 어머니는 가끔 수건을 쓴 채 외출하기도 했다. 동네의 구멍가게에 찬거리를 사러 나갈 때가 대부분인데, 물론 수건 벗는 것을 깜빡 잊은 탓이다.

고등학교 1학년 때의 일이었다. 공부를 마치고 명동에 있는 병원 대합실에서 어머니와 만나기로 했다. 어머니는 약속한 시간을 30분이나 넘겨서 허겁지겁 나타났는데, 그때도 머리에 수건을 쓰고 있었다. 나는 어머니의 그런 모습이 얼마나 창피했는지 교복을 입은 채 발을 동동 굴렀다.

어머니는 집안 일에 쫓기다가 약속 시간이 넘은 것을 알고는 택시를 탔다고 했다. 병원으로 가자는 말에, 기사는 "머리를 많이 다쳤나 보지요?" 하더란다. 다행히 약속 장소가 병원 대합실인지라 웃음거리가 되지는 않았다. 어머니에겐 그 수건이 참으로 잘 어울렸다. 특히 어머니의 아라비안 터번은 아직까지도 일품이다.

얼마 전, 어머니는 우리집에 와서 옛모습 그대로 수건을 쓰고 집안 일을 거들었다. 문득 어머니의 모습에서, 세월은 흘러도 사람의 습관은 쉽게 변하지 않음을 느꼈다.

나 역시 비슷한 경험을 곧잘 한다. 어머니를 닮았기 때문일까. 가까운 가게에서 물건을 살 때도 이마에 세안용 머리띠를 두르고 있음을 뒤늦게 발견하고는 혼자 어머니를 떠올리곤 한다. 요즘에는 부쩍 수건을 볼 때마다 어머니가 떠오른다.

어머니처럼 쓸 만한 수건으로 인정받고 싶다. 더러워진 곳을 닦고 훔치는 쓸 만한 주부로 남았으면 하는 욕망이 강해진 모양이다.

우리집은 환경운동을 하고 있습니다

　우리집을 찾아오는 사람들은 누구나 현관에 들어서자마자 맛보는 풋풋한 사과 향기에 놀란다. 사과 껍질을 바구니에 담아 현관에 두기 때문에 현관에는 언제나 사과 향기가 가득하다. 때로는 원두 커피를 끓이고 남은 가루를 선반에 두기도 하는데, 그럴 때면 분위기 있는 커피집에 앉아 있는 기분을 만끽할 수 있다.

　현관에다가 과일 껍질이나 잎차 찌꺼기, 원두 커피 등을 한나절 두면 실내가 무척 부드러워지는 것 같다. 어떤 때는 잎차를 마시고 난 건더기를 일부러 현관 앞에서 말리기도 하는데, 그 은은한 잎차 냄새는 사과 향기나 커피 냄새보다 들어오는 사람의 기분을 한결 편안하게 해준다.

　얼마 전 네덜란드의 알매르라는 작은 도시를 방문한 적이 있었는데, 인상깊은 현관이 있었다.

　현관 앞에다가 아주 작은 연못을 만들어 놓고는 물풀을 띄워 놓았다.

아름답게 꾸몄다는 생각도 들었지만 '우리집은 환경운동을 하고 있습니다'
라는 팻말이 더 감동적이었다. 아니나 다를까, 창가엔 행주들을 삶아 널은
것이 보였다.

일상생활 속에서 환경을 실천하겠다는 의식과 긍지로 살아가는 그
들 삶의 모습이 한결 싱그럽게 다가왔다. 아직까지 아름다운 자연이
보존되고 있는 힘이 바로 여기에 있다는 것을 새삼 깨달았다.

나는 아직까지 현관에다가 '우리집도 환경운동을 하고 있습니다'라
는 스티커를 붙이지 못하고 있다. 하지만 일상생활에서만은 실천하려
고 애쓴다.

우선 아이들은 제각기 신발주머니를 가지고 다니기에 현관 벽면
한쪽에다가 옷걸이를 박고 그 아래에 신발 주머니를 매달아 두도록
했다.

장바구니도 걸어두는데, 시장에 갈 때면 장바구니가 얼른 눈에 보
이므로 손쉽게 장바구니를 들고 갈 수 있다. 옷털이개나 모자를 걸고
우산도 걸어두는데, 누구든지 들어올 때 갖고 있던 물건을 걸어놓고
나갈 때 자기 물건들을 챙겨 가도록 한다.

나는 집안에 들어서면서 신발을 아무렇게나 벗고 올라오는 것을
무척 싫어한다. 밖에서 돌아오면 손을 씻기 전에 우선 자기 신발을
나란히 돌려 놓으라고 이른다. 물론 지금은 엄마가 잔소리하기 전에
아이들 스스로 알아서 하지만 처음 얼마 동안은 하루에도 몇번씩 잔
소리를 늘어놓아야만 했다.

작은 현관이지만 또 다른 벽면에는 막내의 그림도 붙이고 사물함

도 만들어 두었다. 차 열쇠나 자전거 열쇠를 들고 나갈 수 있도록 동전 지갑도 만들었다.

아파트에서는 현관이 그 집의 대문이다. 대문은 그 집에 대한 첫인상을 강하게 심어 주는 곳이다. 어느 집은 현관 앞에다가 '이 집에 들어오는 이는 평화' 란 글귀를 붙이기도 한다.

나는 '우리집도 환경운동을 하고 있습니다'란 팻말을 붙이고 싶다.

12년 쓴 냉장고와 이별하던 날

　　12년 전, 그동안 써왔던 헌 냉장고를 새것으로 바꾼 적이 있었다. 그리고 나서 5년 전에 싱싱냉장고를 하나 더 샀다. 결국 헌 냉장고는 주전 자리를 내놓고 후보선수로 밀려난 셈이다.

　얼마 전까지만 해도 그 냉장고는 베란다에서 김치 냉장고의 역할을 톡톡히 했다. 낡은 탓인지 갑자기 '땅' 하며 악을 쓰기도 하고 윗칸의 냉동실에는 성애가 자주 끼어 얼음으로 가득차곤 했지만 그런대로 사용할 만했다.

　냉장고가 둘이다 보니 낭비하는 버릇이 생기기도 했다. 김치나 음식을 만들어도 평소보다 많이 하게 되었다. '남으면 냉장고에 보관하지'라는 여유를 부리고 있는 것이다. 김치를 담궈도 냉장고만 믿고 많이 한 탓에 시어 내버리는 일까지 생겼다.

　며칠 전, 베란다에 둔 냉장고가 제 역할을 못하는 것 같았다. 배추김치를 담자마자 곧장 넣어 두었는데 시어 버린 것이다. 또 어디가 아픈 것인가 생각하면서 스위치를 확인했으나 아무런 이상이 없었다.

다시 새 김치를 넣기 위해 문을 여는 순간, 나는 직감적으로 냉장고
가 작동하지 않는다는 것을 알았다.

애프터 서비스에 전화를 걸었다.

"아, 괜찮으시다고요, 고령이신가요? 곧 진찰해 드리겠습니다."

젊은 청년의 씩씩한 목소리였다.

전화를 끊고 몇 시간 되지 않아 담당 의사는 손가방을 들고 나타났
다. 그는 청진기 같은 측정기로 냉장고를 진맥했다.

"진공관이 아예 작동이 안되는 데요 운명하셨군요"

처진 입언저리로 코끝을 설레설레 흔들었다.

"어머나, 그럼 심장이 멎었다는 거 아니에요?"

걱정스러운 낯으로 되묻는 내게 그는 냉장고를 사람에다 비유하는
것이 재미있다는 듯 똑같은 투로 말했다.

"그 동안 숙환으로 고생하셨을텐데요, 몇 살 잡수셨지요?"

"열두 살인데…"

"사실 만큼 사셨군요. 이건 부품이 안 나와 고칠 수가 없어요. 그냥 5천원
짜리 장례를 치르는 수밖에 없네요."

내다 버리는데 5천원이 든다는 말인가 보다. 순간, '냉장고 장례'라
는 말이 나로 하여금 이상야릇한 느낌을 갖게 했다. 정든 물건이 곁
을 떠난다고 생각하니 쓸쓸해졌다.

"장례요? 우리랑 12년 있었는데요 그 동안 병이 들었는지 모르고
음식만 잔뜩 넣고 무리한 가동을 시켰지 뭐예요 미리 치료를 하는
건데…"

"진작 병을 발견해서 미리미리 부품을 갈아 주셨더라면, 조금 더 연명하실 순 있었을텐데⋯. 그래도 사실 만큼 사셨어요. 그럼, 장례를 잘 치르시기 바랍니다."

냉장고 의사는 그 말만 남기고 총총히 사라졌다.

나는 한동안 냉장고 앞에 서 있었다. 가만히 냉장고를 쓰다듬었다. 그러고 보니 막내와 함께 살아 온 냉장고이다.

평소 내가 김치 그릇을 넣으려면 좋다는 표현인지 불평인지는 몰라도 느닷없이 '땅' 하며 모터가 돌아가는 신음을 내서 놀라게 했던 냉장고이다. 그런데 숨소리조차도 없다니⋯. 그 동안 병고에 시달리고 있었다는 사실을 뒤늦게 알게 된 무관심이 마음을 아프게 했다. 그 냉장고와 지냈던 추억이 떠올라 잠시 자리를 뜨지 못하고 있는데, 막내가 슬며시 다가와 한마디를 한다.

"엄마, 그러길래 이건 냉장고잖아요."

냉장고 나이보다 두 살 아래인 막내의 말이 그럴 듯하다.

나는 한동안 냉장고를 그냥 우리 곁에 두기로 했다. 새삼 전자제품의 수명이 짧은 것이 언짢게 생각되었다.

선진국의 유명한 냉장고는 20년이 지나도 멀쩡하다. 나는 우리나라 냉장고도 그 정도는 거뜬히 사용할 수 있는 것으로 알고 있었다. 그런데 자질구레한 기능이나 디자인, 색깔만 약간 바꿔서 유행의 물결을 타고 팔아먹기에 급급한 현실이 원망스러웠다.

고장이 나도 고칠 부품을 생산하지 않는다는 이야기는 곧 소비를 조장한다는 심사나 다름없다. 불과 10여 년밖에 되지 않은 냉장고를 버리게 만드는 장본인이 누구인가를 새삼 확인하고 싶었다. 냉장고만큼이나 썰렁한 마음을 가진 대기업의 심뽀를 이해할 수가 없다.

못생긴 밤송편은 누가 빚었나

　　'잊혀진 우리 나라 민속예술'이라는 텔레비전 프로그램에 참가한 적이 있다. 그 자리에는 한과의 전통을 이어 가는 분이 출연했는데, 그는 아직도 설날이나 추석 등 명절 때나 제사를 지낼 때면 엿을 고아서 산자, 유밀과, 강정, 다식을 만든다고 했다. 만드는 모습을 직접 보여주기도 했는데, 그 과정을 옆에서 지켜보고 있노라니 움직이는 그의 손길 하나하나가 예술품을 빚어내는 것처럼 정교했다.

　　"이렇게 훌륭한 전통을 이어가는 사람은 있나요?"

　　고개를 가로 설레설레 흔드는 그의 답변이 질문을 한 나를 당혹스럽게 했다. 그 자신은 후대에 물려주고 싶은 마음이 간절하지만 딸과 며느리조차 배우려 하지 않는다는 것이다.

　　전통 한과는 만드는 과정조차 맛과 멋이 흐르는 과자이다. 산자는 물론이고 밀과, 강정, 다식은 혼자 만들 수 없는 가족 음식이다. 가족끼리 둘러앉아 만들다 보면 정이 쌓이고 소원했던 감정이 실타래 풀리듯 풀려 나간다.

엿을 고는 사람, 무나 연근을 썰어 실에 꿰는 사람, 엿물에 꿴 음식을 넣어 젓는 사람 등… 서로 마주보며 붙은 것을 떼고 간을 맞추고, 엿을 바르면서 한데 힘을 모으다 보면 어느새 음식 터는 화해의 장으로 변하고 만다.

그 날, 집에 돌아온 나는 직접 한과를 만들기로 했다. 다른 한과에 비해 비교적 간단한 유과부터 만들어 보기로 했다.

시장에 가서 이것 저것 재료를 산 다음, 그분이 한 대로 밀가루를 반죽했다. 튀긴 과자 위에 조청과 생강물을 살짝 바르고 잣가루를 뿌려서 한껏 멋을 냈다. 그리고는 저녁에 온 식구를 호들갑스럽게 불러 모았다. 이런 별미를 만들었다는 자부심에 들떠 아이들과 남편의 칭찬을 기대하면서…

그런데 한과를 보자마자 아이들 표정이 떨떠름하다. 별로 맛있어 보이지도 않고, 대수롭지도 않은 것을 만들어 놓고 웬 소란을 피우냐는 투다. 시큰둥한 표정을 지은 뒤 몇 번 손으로 만지작거리더니만 입에도 대보지도 않고 제 방으로 들어가 버리는 것이었다.

맥빠진 아내의 모습이 안쓰러웠던지 남편이 "어디 한 번 먹어볼까" 하면서 한 입 베문다. 하지만 맛있다기보다는 만든 성의를 생각해 준다는 태도가 역력하다. 그날 밤, 나는 바구니에 수북히 쌓인 유과를 바라보며 늦은 밤까지 잠을 이루지 못했다.

어렸을 때는 명절 때든 제사날이든 먹을 것이 푸짐했다. 명절이면 며칠 전부터 친척들이 한 자리에 모여 정성으로 음식을 장만했는데, 엿 고는 냄새가 하루종일 집 주위를 맴돌았다.

강정, 산자, 유과를 만들 즈음에는 방문 앞에서 기다리고 있다가 몰래 하나씩 집고는 밖으로 달려나가 후딱 먹어치우곤 했다. 아직도 그 맛이 혀 끝에 생생하다.

그런데 요즘에는 그 때보다 재료가 풍족한 데도 명절 때 강정이나 유과를 만드는 집이 별로 없다. 슈퍼에 가도 우리 고유의 한과류는 찾아보기 힘들다. 특별한 날, 백화점에 가야 근사하게 포장된 상품을 구경할 뿐이다.

쿠키나 비스킷 등 서양 과자에 밀려서 우리 전통의 맛이 설 자리를 잃어 가는 것이 아쉽기만 하다. 다시금 아낙네의 손끝에 스며드는 촉감과 정성을 맛보고 싶다.

우리집에서는 팔월 한가위가 되면 어김없이 밤송편을 만든다. 아이들이 워낙 좋아하는 음식인지라 평소에도 즐긴다.

쌀가루를 빻아서 밤속을 넣고 찐 송편을 만드는 일에는 식구 모두가 동원된다. 물론 처음 한두 번은 불평이 없지 않았다. 그러나 요즘에는 자기 것이 더 멋지다고 야단하면서 한껏 솜씨를 뽐내려 한다.

식탁에 둘러앉아 찐 떡을 꺼낼 때의 진지한 표정이야말로 또다른 행복이다. 송편의 모양도 제각각이지만 거기에는 가족들의 훈훈한 인정이 담겨 있고 나의 기법이 있다. 가장 예쁜 송편이면 무조건 자기가 만들었다고 우기는 막내, 가장 못생긴 송편은 내것이라는 남편이 있기에….

우리집 부엌에는 향기가 있다

부엌은 진정 나만의 공간이고
내가 머물러야 할 자리다.
남편과 아이들을 보내고 다시 부엌으로 돌아오면
마음이 편안하고 안정감을 느낀다.
이곳에서 손님을 맞아 대화하기도 하고
아이들에게 보내는 도시락 편지도 쓴다.

부엌 귀신과 도마 이야기

　　　우리 집 부엌에는 나만이 밟고 뛰어 놀 수 있는 유일한 영토가 있다. 나는 이른 아침부터 저녁까지 그곳에서 종종 걸음으로 바삐 돌아다닌다. 다름 아닌 도마이다.

　도마는 내가 소유하고 있는 유일한 땅이며 하루 가운데 가장 먼저 희망을 일구어 가는 순수한 내 영토이다. 도마를 대하는 주부의 마음은 소박한 텃밭을 가꾸는 순수한 농부의 마음이나 다름없다. 하나하나 정성을 들여서 음식 재료들을 썰다 보면 그럴 듯한 하루 세 끼 식사가 준비된다. 노력한 만큼 대가가 결실로 그대로 나타나는 것이다.

　나는 도마를 만질 때마다 하얀 원고지를 앞에 놓고 마음을 가다듬는 기분이 된다. 글을 시작할 때의 마음과 음식을 만들기 시작할 때의 마음가짐이 같아야 하기 때문일 것이다.

　어머니는 나무 도마를 썼다. 나 역시 나무 도마를 쓰고 있는데, 시장에 나가 보면 나무 대신 플라스틱으로 만든 도마가 대부분이어서 안타깝다.

나무 도마는 칼로 썬 자리가 오목하게 패여서 그 깊이에 따라 세월을 가늠할 수 있다. 김치를 썰고 난 다음, 말끔히 씻어서 베란다의 양지바른 곳에 반듯하게 세워 두면 바싹 물기가 마른다. 그러면 오목하게 패인 곳에 살짝 김치 물이 들어 색깔이 고왔다.

도마 감이 되려면 제법 굵직하고 나잇살이나 먹은 나무여야 한다. 대패로 깎고 밀고 문지른 다음 물로 씻어 빛에 말리면 도마가 탄생한다. 일단 도마가 되고 나면 그것은 닳아 그 생명을 다하는 날까지 칼질을 받아야 한다.

할머니는 칼질을 정성껏 해야 복이 들어온다면서 도마를 무척 아꼈다. 나무도 생명이 있으므로 그 생명을 존중해 주어야만 손가락이 칼에 베이는 일이 없게끔 도와준다는 것이다.

음식을 정성껏 만들기 위해서는 부엌 귀신의 마음을 잘 다독거려야 한다면서, 동짓날 팥죽을 끓이면 식기 전에 도마와 칼 위에 팥죽 몇 알을 뿌리고는 알아들을 수 없는 말로 혼자 중얼거렸다.

예로부터 팥죽은 질병과 잡신을 내쫓는 데 쓰였다. 할머니는 종종 부엌의 도마 위에다 종지 불을 켜 놓고 겸허하게 눈을 내리뜬 채 한동안 침묵을 지키곤 했다. 그 모습이 너무나 엄숙하여 곁에서 지켜보는 나조차 숙연해지곤 했었다.

종지 불을 들고 화장실과 광, 뒷마당 담벽에 팥죽을 죽죽 뿌리면 붉은 팥죽 무늬가 이듬 해까지도 선명하게 남아 있었다. 나는 가끔 팥죽 무늬 앞을 지나가다가 그 둘레에다 사금파리로 백일홍 꽃모양이나 붉으죽죽한 목단꽃을 그리곤 했다.

어느 때에는 '이슬비 내리는 이른 아침에…'로 시작하는 이슬비 노래를 흥얼거리며 찌그러진 헌 우산을 쓰고 굵은 빗속으로 걸어가는 그림을 그리기도 했다.

이렇게 내가 팥죽 자국마다 찾아다니면서 그림을 그리면, 할머니는 야단치기는 커녕 "동지가 다 되어 가는 가보다" 했다. 가끔 "우째, 이리도 예쁜 그림을 그렸노, 니 맘이 예쁜갑다" 하면서 구름 같은 흰 치마폭을 들추고는 꽃무늬가 그려진 빨간 복주머니를 열곤 했다.

할머니의 복주머니는 어린 내가 볼 때에는 우주나 다름없었다. 할머니의 아버지인 증조 할아버지에게 받은 엽전을 비롯하여 머리카락을 꼭 동여맨 것도 있었다. 이름 모를 마른 씨앗도 있었고 색실로 꾸며진 개부랄 바늘꽂이, 옛 동전, 귀파개, 작은 칼 등 잡동사니들이 가득 들어 있었다.

아기 때, 내가 '으악' 대고 울 때면 할머니는 복주머니의 끈을 풀어 내 앞에 내밀곤 했었는데, 그러면 나는 울음을 딱 그쳤다고 했다. 아무엇도 모르던 갓난아기였지만 할머니 복주머니의 위력만은 대단했던 모양이다.

아무튼 가족의 무병장수를 기원하며 잡신을 내쫓는 '팥죽 축제'가 얼추 끝나고 다시 부엌으로 올 때까지 그 종지 불은 타원을 그리며 가녀리게 타고 있었다.

축제라고 해야 참가자는 할머니와 새앙지 머리를 땋은 여덟 살의 나, 그리고 어머니뿐이지만, 우리는 예절을 마친 다음에야 구수한 팥죽 한 그릇을 먹을 수 있었다. 할머니의 눈짐작으로 대충 자른 종지불의 심지가 가물가물 꺼져가면 비로소 도마를 세워두고 방으로 들어왔다.

지금도 도마를 볼 때마다 할머니와 어머니, 그리고 내가 치르던 '팥죽 축제'가 떠올라 뻑뻑한 검은 자색의 팥죽이 그리워진다.

도마는 부유한 사람이든 가난한 사람이든 한 끼를 준비하기 위한 노동의 땅이다. 가정주부의 애환이란 씨앗을 뿌리고 그 열매를 거두는 엄마의 짭짤한 파밭이고 무밭이며 야채 밭이다.

하루에 열댓 번 세수하는 여자

나는 하루에도 열댓 번 세수를 한다. 결혼한 지 얼마 안되어 남편은 "무슨 세수를 그렇게 자주 하느냐?"고 했지만 세수를 자주 하는 버릇은 지금까지 여전하다. 내가 세수를 자주 하는 이유는 간단하다. 나의 영혼과 만나고 싶기 때문이다. 가장 평범한 일에서 영혼과 함께 있다는 것을 확인한 그날은 무척 든든하다.

나는 얼굴을 씻을 때마다 초록빛 영혼과 만난다. 아침에 잠자리에서 일어나 세수하면서 두 손바닥으로 얼굴을 쓰다듬으면 공간 없이 살고 있는 황금빛과 푸른빛이 꿈틀대는 것이 보인다.

쉬지 않고 움직이는 황금빛과 푸른빛의 정체는 무엇일까. 어떤 이들은 '영혼의 움직임' 또는 '영혼의 자락'이라고 말한다. 눈을 감을 때 동공에 비치는 자연 현상이라고 말하는 사람들도 많은데, 아무 생각 없이 일상을 보내다 보면 못 느낄 때가 더 많다고 한다.

나는 낮에도 즐겨 세수를 한다. 세수를 하고 나면 들뜬 마음이 차분히 가라앉는 것 같고, 그래서 일에 몰두할 수 있어 좋다. 어떨 때엔 일부러 천천히 세수를 하는데, 내 영혼이 바라는 대로 노력하고 있는지, 아니면 내 마음가는 대로 그저 살고 있는지 거짓없이 발가벗긴다.

나는 무척 고집이 센 여자이다. 자존심 하나를 최고로 알고 있다. 때문에 고집을 꺾어야 한다고 생각되어 세수를 할 때면 막연한 서글픔이 차 올라 얼굴을 빡빡 닦는다. 화풀이 세수를 하는 셈이다. 그렇게 하고 나면 마음이 훨씬 후련해지고 몸도 머리도 가벼워진다. 하고 싶은 일이 떠오르고, 황금빛, 푸른빛과 다시금 만나고 싶다는 욕망이 솟구친다.

아침에 하는 세수가 하루의 출발을 알린다면, 낮에 하는 세수는 한 가지 일을 마감하고 다시 시작한다는 신호이다. 그리고 저녁에 하는 세수는 하루를 마감하는 게 아니라 내일을 준비하는 의식이다.

그렇다고 아무때나 세수를 하는 건 아니다. 낮에 세수를 한다면 마음이 언짢거나 아이들에게 야단을 쳐서 우울하거나 심신이 피곤할 때이다. 물론 잘못된 행동을 반성한다는 의미도 포함되어 있다. 더러워진 손을 물로 깨끗이 씻어 내듯이 세수하고 나면 올곧지 못한 생각을 깨끗이 씻어 낼 수 있어 기분이 한결 상쾌하다.
나는 영혼과 마음을 따로따로 두고 있다.
마음은 육신 쪽이고 영혼은 의식 쪽이다. '마음'이란 측면에서 보면 삶이 마음에 들지 않거나 바라던 일이 허무하게 주저앉아 버리는 안타까운 일이 있다. 그러나 영혼은 변함이 없다. 언제 어느 때든 착한 것을 지향하는 초록의 나무 같아서 내 마음에 거짓이 깃들이지 않도록 애쓴다. 아름다운 경치를 볼 때, 잔잔한 음악을 듣거나 감동적인 글을 읽을 때면 마음보다는 영혼이 활발하게 움직이는 것을 느낄 수 있다. 마음이 개운치 않거나 갈팡질팡할 때 세수를 하는 버릇도 여기서 비롯되었을 것이다.

마음은 충동적이지만 영혼은 사람 스스로 본래의 아름다움을 되찾도록 일깨워 준다고나 할까. 마음과 영혼에 차별을 두고 싶어하는 내 고집을 남편은 아직도 이해 못하지만 아이들은 알고 있는 것 같다.

어릴 적 이야기이다. 세수하기 싫다고 이불을 뒤집어 쓰면 어머니는 대야와 비누, 수건을 들고 방안으로 들어온다. 그리고는 턱에다가 수건을 두르고 얼굴을 씻겼는데, 내가 아프다고 엉엉 울면 어머니는 꾀를 부린다고 하면서 목까지 박박 씻겨 주었다.

언젠가 고양이 세수를 하는 막내 아이에게 물은 적이 있었다.

"세수를 할 때 뭐가 보이지? 그게 바로 마음이라는 빛깔이야. 고운 마음은 초록빛, 나쁜 마음은 회색 빛이나 검보라 빛이란다."

그러자 막내의 대답이 나를 웃긴다.

"엄마, 배고파요? 난 배가 몹시 고프면 별이 보이던데…"

어린아이지만 굶주린 영혼을 알아보는 것 같다. 그 말을 들으면 새삼 내 영혼이 너무 허기진 게 아닌가 싶어 다시 세수하러 욕실로 뛰어간다.

난, 엄마처럼 살고 싶어

영화를 볼 때, 나는 좋아하는 배우가 나오는가를 먼저 살핀다. 반면에 남편은 스토리를 먼저 살핀 다음에 어느 영화를 볼 것인지를 정한다. 출연하는 배우가 누군가는 관심이 없다. 때문에 TV의 주말 명화를 보거나 어쩌다가 극장에라도 가려면 어떤 것을 볼 것인가를 놓고 말다툼하기 일쑤다. 그러나 그냥 돌아오는 경우는 한 번도 없었다.

나는 영화에서 남자나 여자 한쪽만 나오는 영화는 별로 좋아하지 않는다. 전쟁 영화 역시 썩 내키지 않는다. 물론 그런 영화 중에도 좋은 영화가 많겠지만, 아무래도 영화는 남녀 사랑을 테마로 하고 그 갈등이 고조되어야 재미가 있다. 영화는 우리 생활의 일부분을 비추는 예술이기에 사랑이 테마로 이루어져야 한다.

만일 인간에게 사랑을 빼 버리고 나면 무슨 재미가 있을까. 남녀간에 사랑을 하지 않고 살면 무척 시시하고 따분하여 재미가 없을 것이다. 정열적으

로 사랑하면서 살아가는 사람이야말로 아름답고 그 누구에게나 감동을 주게
마련이다.

사랑이 잉태되는 가장 작은 공동체는 가정이다. 물론 기숙사나 하
숙집, 그 밖의 공동체들이 있다. 그러나 가정만큼 다양한 형태로 인간
의 경험을 쌓는 곳은 없다고 본다.
가정은 외부에서 받은 실패를 성공으로 돌려주고, 좌절을 용기로
바꿔 주며, 불신을 믿음으로, 약점을 자랑으로 삼게 만든다. 그 약점
때문에 훌륭한 인격으로 성숙하게 하고 만남을 겸허하게 해준다. 정
상적인 가정 안에는 이런 보약이 무한정 있기 때문에 서로를 통해서
위로를 주고받는다. 홀로 서기보다는 함께 있어야만 되는 공동 운명
을 지닌 곳이 가정이다.

언젠가 열여섯 살인 큰딸이 밥 먹다 말고 중얼거렸다.
"난 결혼 따위는 안 할 거야. 내가 하고 싶은 일을 할 거야. 그 누구
의 간섭도 받고 싶지 않아. 엄마처럼 아이를 낳고 기르면 나만의 시
간과 공간을 잃을 것이고, 그렇게 되면 나만 무진장 손해보는 것 아
니겠어!"
남의 간섭을 받기 싫어하고 나만의 시간을 자유롭게 갖기를 고대
하는 요즘 신세대들의 생각이다. 그들은 아마도 그렇게 해야만 이 사
회에서 빠르게 성공할 수 있다고 여기는 모양이다.
어느 집이든 가정에는 어른이 있고 남편과 아내, 아이들이 있다. 위
와 아래의 관계가 있고, 동등한 관계가 있다. 가정을 무대의 공연장이
라고 할 때, 우리들은 그 배역을 번갈아 하면서 사랑하는 기쁨을 맛

보고 어른이 되어 간다.

"그게 마음대로 될까?"

나 자신이 딸에게 잘못 살아가는 여자로 비춰진 건 아닐까 싶어 나도 모르게 어투가 항의조다.

"나한테 꼬옥 맞는 사람을 골라야죠. 내가 하고 싶은 일에 걸림돌이 되면 되겠어요?"

딸애가 생각하기에는 사랑하는 남자가 먼 하늘로부터 구름을 타고 내려오는 왕자나 흑기사쯤 되는 모양이다.

"남자는 네 말만 잘 들어주는 로봇이 아니야. 사랑이란 상대방의 모든 행동을 감싸줘야 하는 거야. 내가 아주 싫어하는 행동일지라도 거침없이 받아주는 그런 감정이 있어야 해."

"그래서 엄마는 치사하게 아빠를 사랑하는 거예요?"

"그 치사한 것 때문에 엄마는 성장하고 있고, 또 감사하고 있는 걸!"

백마를 탄 왕자나 흑기사를 꿈꾸는 딸애가 이 다음에 시집을 가서 가정을 꾸미면 좋은 배역을 해낼까 싶어 은근히 걱정된다.

가정을 꾸미는 일이 귀찮다고 포기한다면 사랑을 거절한 벌로 이기주의에 빠진다. 결혼은 갈등을 사랑으로 감싸안아 보람으로 바꿔놓을 수 있는 마지막 기회이다. 나 스스로도 '좋은 아내' '좋은 엄마'라는 배역을 맡은 배우라는 것을 가끔은 잊고 살지만.

몇 달 전, 모 방송국에 큰딸과 함께 출연했었다.

사회자가 딸애에게 엄마의 사는 모습을 어떻게 생각하느냐고 물었

다. 나는 딸애가 엄마처럼 구질구질하게 사는 모습은 싫다고 대답할
줄 알았는데, 의외로 분명했다. 엄마처럼 옛것을 소중히 여기고 면 행
주를 사용하며 '도시락 편지'를 쓰고 가정이 우주라고 생각하며 살고
싶다는 것이다.

　엄마가 진실하게 살고 있다면 그 과정이 조금은 서툴고 모자란다
해도 아이들은 엄마의 모습에서 자신의 미래를 그린다는 것을 다시
한 번 확인케 해준 계기였다.

이불 속에 숨긴 밥 한 공기

지루한 장마 끝에 모처럼 하늘이 개이고 볕이 온 누리에 쏟아지면 이불 빨래가 제격이다. 아파트마다 이불과 요를 난간에 내다 널고 묵은 곰팡이를 떨구어 낸다. 온종일 햇빛에 쬔 포송포송한 이불이나 요를 깔고 자는 날이면 꿈자리도 달콤하다. 인생의 한 토막을 단축시켰다는 느낌이 든다.

나는 어렸을 때에는 이불을 볼 때마다 바다를 상상하곤 했다. 수평선이 끝없이 펼쳐지는 넓은 바다에서 헤엄을 치는 상상을 즐기며 이불 위로 온몸을 던져 다이빙을 했다. 이불을 덮고 누우면 배를 타고 망망대해로 흘러가는 생각에 잠기며 잠이 들곤 했다.

아이들도 엄마를 닮아 이불에서 바다를 연상하는 것 같다. 간혹 이불의 헌 홑청을 새것으로 바꾸려고 이불을 방바닥 하나 가득히 펼치고 바느질을 하면 아이들은 그렇게 즐거워할 수가 없다.

헤엄을 친다면서 이리 뒹굴고 저리 뒹군다. 바늘에 찔릴지 모르니 조심하라는 엄마의 경고나 야단 같은 것은 애당초 관심 밖이다. 어떤 날은 이불 홑청을 꿰매는 동안 신나게 뛰어 놀던 막내 녀석이 이불 위에서 그대로 잠이 들기도 한다. 그 모습은 마치 귀여운 새끼 호랑이 한 마리가 누워 있는 것 같다.

첫아이를 임신하여 만삭일 무렵에는 이불을 꿰매는 일이 몹시 힘들었다. 어른이 덮는 이불은 으레 바느질하여 새것으로 갈곤 했는데, 배가 아래로 처져 바느질하기가 여간 힘든 게 아니었다. 대강 눈짐작으로 어림해서 꿰매자니 손가락이 이리저리 마구 찔리기 일쑤였다. 그러나 다시 돌아갈 수 없는 신혼 시절인지라 그립기만 하다.

어린 시절에는 황혼이 드리워지면 저녁을 먹고 나서 설거지를 하고 어른들의 이불부터 깔아 두었다. 아버지는 언제나 늦게 돌아왔지만, 어머니는 저녁상을 치운 다음이면 으레 이불을 깔아두고 그 아래에 밥그릇을 넣어둔 채 뜨개질을 했다. 뜨개질 바늘을 재빠르게 놀리면서 우리에게 구수한 옛날 이야기를 들려주곤 했다. 그럴 때면, 동생과 나는 이불 밑으로 발을 집어 넣고 발장난을 즐기곤 했다. 요 밑에 묻어 둔 밥그릇을 건드려 뚜껑이 벗겨지기라도 하면 발가락에 묻은 밥알을 맛있게 뜯어먹곤 했다. 저녁 늦게 돌아온 아버지는 그 밥그릇에 우리들 발가락이 닿은 줄도 모른 채 맛있게 밥 한 주발을 거뜬히 비우곤 했다.

지금 생각하면 어른의 이불을 미리 깔아 놓는 것은 어른이 무사히 집에 돌아오기를 바라는 온 식구의 바램이기도 하다. 따끈한 온돌방에서 보여주는 분위기가 온 식구의 마음을 훈훈하게 했던 것이다.

이불을 덮고 잠이 들 때면 언젠가 나도 이불을 덮고 누워 자연스럽게 죽음을 맞이하게 될 것이라는 상상에 빠진다. 그만큼 죽음에 대해 생각해 보고 죽음 이후의 세상에 깊은 관심을 갖지 않을 수 없다.

착한 일을 많이 한 사람들은 사후에 어떤 세상이 있거나 말거나 묵묵히 자기 삶을 살아가겠지만, 나는 죽고 나서 좋은 세상이 없다면 억울하다는 생각이 앞선다.

어떤 때는 이런 생각도 해본다. '하루'가 '일생'이라고 가정해 보자. 어제의 문제를 풀지 못하고 다음날 일어나면 역시 어제의 문제를 이어가야 한다. 새롭게 다가온 오늘은 새로운 사람들을 만나야 할텐데 여느 때와 마찬가지로 어제와 연관된 사람들을 만난다.

이번에는 '밤잠'이 '죽음'이라고 가정해 보자. 밤에 잠을 자지만 날이 밝으면 반드시 일어나야 한다. 즉, 죽음은 죽음 그 자체로 소멸하지 않고 날이 밝으면 일어나듯이 이어진다.

결국 죽음은 다시 탄생하며 탄생은 다시 죽음으로 이어져 선과 악에 의해 끊임없이 움직이는 게 아닐까 싶다. 만약 어제의 그리움이나 미움을 풀지 않고 잤다고 해도 오늘이 새로운 날이라면 어제의 그리움이나 미움은 잠으로 깨끗이 씻겨져야 하지 않을까.

그런데 오늘도 역시 어제의 앙금이 남은 채 살고 있음은 무엇을 말하는가. 지금 이 순간 살아 있으면서 행하는 모든 행동이 죽는다 해도 결코 없어지지 않는다는 것을 새삼 실감하게 한다. 이불 홑청을 새것으로 바꾸는 날, 그 날은 내가 고해성사하는 날이나 다름없다.

현관문 잠그고 사는 세상

언젠가 '우리 집은 아이들이 일찍 집으로 돌아오는 경우를 생각하여 문을 열어둔다'는 내용이 들어있는 글을 발표한 적이 있었다. 며칠 뒤, 몇몇 여성 독자들이 전화를 걸어왔는데, 한결같이 "그러다가 도둑이 알면 큰일난다"는 이야기였다.

3년 전인가, 우리 아파트 단지에서 도둑이 든 사건이 있었다. 남편이 출근하고 아이들이 등교한 다음 텔레비전을 보고 있는데, 초인종 소리가 울렸다. 내다보니 한 청년이 선물용 케이크 상자를 들고 서 있었다. 남편 회사의 직원인데, 상사의 부탁으로 케이크를 가지고 왔다는 것이다.

문을 열어 주자, 그 청년은 회사에다가 전화로 보고해야 한다면서 집안에 들어와서는 느닷없이 칼을 꺼내든 강도로 돌변했다. 여자의 손발을 묶고 이불을 뒤집어 씌웠는데, 때마침 아들이 학교에서 돌아오는 소리에 놀라 달아났다.

케이크 상자를 가져온 남자를 되돌려 보낼 만큼 인정 없는 여자가 못된 죄의 대가를 톡톡히 치른 셈이다. 얼마 뒤, 그 집은 이사를 가고 말았는데, 우리집과 동만 다를 뿐 호수가 같아 혹 우리집이었으면 어쨌나 싶어 퍽 놀랐다.

며칠 전에는 같은 동의 13층에 젊은 도둑이 들어와 통장을 몽땅 털어 달아난 사건이 있었다. 그나마 사람이 다치지 않아 천만다행인데, 이 일이 있은 후 경비원은 우리집에 몇차례 찾아와서 현관문을 열어놓지 말라고 당부했다.

어쨌든 이 일로 해서 더위도 문을 마음대로 열고 살 수 없기에 난방 기구가 필요하다는 걸 새삼 깨달았다. 기계가 사람을 부르는 게 아니라 불신이 기계를 사용하도록 손짓하는 험한 사회로 전락되고 만 셈이다.

아파트에 살면 창문을 열어 놓기가 쉽지 않다. 봄에는 황사 현상 때문에 먼지와 오염된 공기가 들어온다 하여 문을 꼭 닫고 공기청정기를 켠다. 여름이면 에어컨을 틀기 때문에 창문을 닫는다. 가을이 되어 비로소 창문을 활짝 열게 된다. 묵은 공기를 내보내고 싱그러운 바람을 받는다.

그러나 요즘에는 날씨가 변덕을 부려 봄과 가을이 없고 곧바로 겨울이나 한 여름으로 치닫기 일쑤다. 계절조차 중간 과정을 생략한 셈이다. 꽃샘 추위 때 잉태하고 비바람을 벗삼아 꽃잎을 피우던 옛 정서는 사라진 듯 싶다.

생활 형편이 넉넉지 못했을 때, 이웃집과의 담은 별로 높지 않았다. 이웃집의 숟가락이 몇 개인지 헤아릴 만큼 친숙했다. 넉넉하지 않은 음식이지만 나누어 먹는 정이 있었고 이야깃거리도 많았다. 국수를 말거나 신 김치로 장떡이라도 부치면 이웃을 불러 나누어 먹는 것이 평범한 일상이었다. 이웃집 일이 곧 나의 일이고, 이웃집 슬픔이 곧 우리집 슬픔이었다.

여름이면 대문과 창문을 모두 열어 놓은 채 부채와 바람으로 계절을 달랬다. 그래서 시주하러 다니는 스님들의 목탁 소리도 낯설게 느껴지지 않았다. 발을 달아 민망스런 차림새를 슬쩍 감추었던 우리의 정서였지만 한마디로 넉넉하고 후덕했다.

하지만 요즘은 너무나 달라졌다. 이웃에 무관심해졌고 정보 교환 역시 방안에 틀어박혀 컴퓨터를 통해 이루어지고 있다. 아이들조차 노는 건 컴퓨터 게임뿐이고 펜팔조차 컴퓨터로 한다.

컴퓨터에 대해 한 번 이야기해 보자.

이 기계는 나 자신만을 받들어 모시도록 모든 시스템이 조작되어 있다. 마음에 안 들거나 비위에 안 맞을 때 스위치를 꺼 버리면 그만이다. 결국 자기 자신밖에 모르는 인간이 되지만, 내가 주인공으로 군림하는 기분은 그만이다. 바로 이런 점 때문에 젊은이들이 컴퓨터로 사람 사귀기를 좋아하는지 모르겠다. 기계에 몰입하다 보면 부모와 자식간 예절이나 애틋한 정이 없어진다. 형제나 사랑하는 이웃들의 마음이 어떤지 생각하지 않게 된다.

양심의 문제조차 외면하게 된다. 왜냐하면 남을 위해 참거나 자기의 작은 부분들을 떼어내서 희생하는 봉사 따위를 컴퓨터가 알 리 없기 때문이다. 그저 흥미와 재미, 감각과 스릴만을 찾게 된다.

아무튼 요즘은 문을 활짝 열어 놓고 살 수 없는 세상이다. 믿을 수 없는 세상이기에 서로 단절한 채 사는 것이 편하다고들 생각한다. 컴퓨터라는 기계가 한몫을 한 셈이다.

아직도 16년 된 부츠를 신는 까닭

　　닳은 신발의 뒤축을 볼 때마다 신발에게 미안한 마음이 든다. 무슨 일을 했기에 이렇게 닳았나 하는 생각이 줄줄이 꼬리를 잇는다. 나의 발을 보호해 주는 신발이 그렇게 고마울 수가 없다. 신발이 없으면 내 발이 고생할 것은 뻔하기 때문이다.

　아이들이 신발 뒤축을 꺾어 신고 다니는 것을 볼 때마다 한마디 잔소리를 해댄다. 신발의 고마움을 알려면 신발과 이야기를 나눠 보라고 말이다. 그러면 아이들은 되묻는다.

　"신발에게 무슨 말을 걸어요?"

　"내 몸을 담고 다니기 무겁지 않니, 오늘은 가고 싶지 않은 곳을 가지는 않았니, 너무 돌아다녀서 피곤하지 라고 물으면 돼."

　언젠가 막내 녀석에게 신발과 나누고 싶은 말을 동시로 써 보라고 했다. 그러자 막내의 표정이 울상이다.

　"엄마, 안 그래도 머리가 터질 것 같은데 신발에게까지 말을 해 가며 다니려니 피곤해요 참아 주세요!"

아직 엄마의 마음을 이해하지 못하는가 보다.

신발과 대화를 나누다 보면 여러 가지로 좋은 점이 있다. 자신의 마음을 반성하기도 하고 신발의 노고를 생각해서 곧장 집으로 돌아오기도 한다. 또 신발을 소중하게 생각하기 때문에 벗어서 나란히 놓는 습관도 기른다. 신발을 만든 사람에게 고마워할 줄도 알고 그 사람의 행복도 빌어 줄 수 있다.

요즘은 계절마다 구두 유행이 바뀐다. 그런 탓에 산 지 얼마 되지 않은 신발조차 구석진 곳으로 밀려나기 일쑤다. 그러나 신발은 아무래도 편한 게 좋다.

신던 것은 편해서 줄곧 신게 되지만 새 신발은 익숙해지려면 시간이 걸리기에 한동안 옆으로 밀쳐 두게 된다. 그래서인지 나는 16년 된 목부츠를 아직까지 즐겨 신는다. 이젠 낡아서 뒤축도 납작해졌고 천 조각도 허름해졌지만.

이 부츠는 결혼한 지 일 년 되던 해에 남편이 선물한 것이다. 처음 얼마 동안은 겨울이나 여름이나, 정장 차림이든 캐주얼 차림이든 가리지 않고 신었다. 발을 편안하게 받쳐 주어 마음에 들었기 때문이다. 그러다가 일 년 전부터는 일부러 신지 않고 그냥 쳐다보기만 하고 있다. 더 이상 신고 다녔다가는 밑창이 드러나 버려야만 할 것 같아서이다.

신발은 신고 다닐 때보다 보관해 둘 때 더 낡아지는 것 같고 때가 더 타는 것 같다. 어쩌면 열심히 신어 주고 편하다는 것을 느끼는 게 애정이 아닐까. 신발을 아낀다는 의미는 그 신발을 자주 신어서 신발 자신의 본분을 다하도록 만드는 일이다.

언젠가 막내에게 해준 말이 있다. 적절히 사용하고 있을 때 맛보는 안락함이야말로 그 물건을 진정으로 좋아하는 것이라고.

막내 아이는 축구화를 아낀다고 평소에는 신지 않는다. 축구가 있는 날만 골라 신고는 고이 벗어둔다. 그냥 운동화가 신기에 편하다고 한다. 그러던 어느날 한동안 신지 않았던 축구화를 꺼내 신는다면서 야단법석을 떨더니만 이맛살부터 찡그렸다. 길들지도 않았는데 어느새 작아져 버린 축구화였다. 막내는 진작 많이 신고 다닐 걸 괜히 아껴두었다고 엉엉 울었다.

얼마 후, 그 축구화는 얼굴도 모르는 이웃 사람에게 준다면서 할머니가 갖고 가 버렸다. 그날 할머니를 멍청하니 바라보고 있는 아이의 썰렁한 마음을 생각해 보니 조금 안쓰럽기까지 했다.

어느 물건이든 물건을 사면 나와 인연이 맺어지는 셈이다. 각별하게 아껴주어야 진정 내 것이 될 수 있다. 그런데도 사람들은 모처럼 마음에 든 옷을 장만했다면서 장농 깊숙이 넣어 둘 생각만 앞세운다.

특별한 날에 입어야 한다는 생각뿐이다. 하지만 아끼는 옷은 웬일인지 평소 입는 것보다 더 낡고 생각보다 탐탁하지 않다. 역시 물건은 자주 애용하는 것이 사랑인가 보다.

이 글을 쓰는 지금도 나는 가장 아끼는 옷을 입고 있다.

도시락에 밥풀 묻은 날

내가 어렸을 때에는 밥보다 귀한 것이 없었다. 그때는 목숨만큼이나 먹는 것이 절박했다. 아이들에게 밥이 소중했던 시절을 이야기해 주면 "라면이라도 먹지 왜 굶었느냐?"고 한다. 요즘에는 "그때는 그때이고, 지금은 지금"이라고 말한다.

나는 아이들이 도시락에 밥풀을 묻혀 올 때면 무척 속상하다. 밥알 하나라도 소중하게 여겨야 한다는 가르침을 어릴 적부터 받아 왔기 때문일 것이다.

어렸을 적에 도시락에다가 밥풀을 묻혀 오는 날이면 어머니로부터 무척 긴 꾸지람을 들어야만 했다. 밥풀 하나는 바로 농부들의 눈물인데 귀한 밥을 허투루 대한다는 요지였다.

할머니는 한술 더 뜬다. 밥풀 하나를 버리면 죽고 나서 소로 태어나 삼 년을 일만 해야 한단다, 아니면 수채 귀신이 되어 남이 버린 밥 찌꺼기를 먹고 살아야 한다고 했다. 말하자면 밥으로 행복과 불행을 저울질한 셈이다.

때문에 나는 늘 음식 그릇은 깨끗이 비워야 한다는 일종의 강박관념을 갖고 살아 왔다.

이같은 이야기를 들려주면 아이들은 '째째한 엄마'라고 한다. 그까짓 밥풀 몇 개에 연연해 하는 게 째째한 엄마로 보이는 모양이다. 한참 야단을 쳤는데도 다음날이면 역시 마찬가지이다. 도시락에 밥풀을 묻혀 오니 철없는 아이들이라고 할 수밖에.

옛날에는 설거지 할 때쯤이면 거지들이 집집마다 돌아다니면서 "밥 좀 주이소, 남은 밥이나 식은 밥 좀 주이소!" 외쳤다. 커다란 깡통에다가 밥과 김치와 반찬을 동냥해 갔다. 신심이 깊은 사람들은 거지를 위한 밥 한 공기를 따로 두기도 했다고 한다. 늘 찾아오던 거지가 어쩌다가 거르면 '탈이 났을까?' '일이 생겼나?' 걱정까지 했던 시절이었다.

언젠가 이모뻘 되는 아주머니가 들려준 이야기이다.

자기 자신은 조금 덜 먹더라도 밥을 얻으러 오는 거지에게만은 꼬박꼬박 밥을 챙겨 주던 어느 아주머니가 있었다. 그녀는 6·25 때 어린 아들을 잃어버렸다고 한다. 거지를 대할 때면 자기 아들 역시 어디선가 밥을 동냥하고 있지 않을까 생각되었고, 밥을 동냥하더라도 살아만 있어 달라는 소망이 간절했다.

어느 날, 단골로 찾아오던 거지가 며칠째 모습을 보이지 않았다.

아주머니는 왜 거지가 찾아오지 않는가에 대해 몹시 궁금했고 불안하여 일이 손에 잡히지도 않았다. 며칠을 생각하던 끝에 거지들이 산다는 시냇가 다리 밑을 찾아가기로 했다. 그 동안 밀린 밥과 반찬을 들고 찾아갔다.

　거적을 친 어두컴컴한 곳에는 6~7명쯤 되는 사람들이 가마니 벽을 사이에 두고 앉아 있었다. 아주머니를 늘 찾아오던 거지 역시 그곳에 있었다. 하지만 다리를 다쳐 몹시 아픈 표정을 짓고 있었다. 다리를 다쳐 그 동안 찾아오지 않았던 것이다.

　움막 안에 있는 사람들 대부분이 다치거나 아픈 사람들이었다. 나이가 들어 힘없는 노인도 있었다. 그 아주머니는 이틀 동안 밥을 가져다주면서 약을 구해 거지들의 상처를 치료해 주었다.

　그런데 그 움막에는 밥을 한 술도 못 먹고 끙끙 앓고 있는 어린 소년이 있었다. 하루는 그 소년에게 밥이라도 먹이려고 가까이 다가가 몸을 일으켜 주다가 깜짝 놀랐다. 다름 아닌, 전쟁 때 잃어버린 아주머니의 어린 아들이었던 것이다.

　그 뒤, 그 아주머니는 잃어버린 아들을 위해 5년 동안 적선을 한 것이 하늘을 감동시켰다고 해서 마을에 큰 잔치를 열었다고 한다.

　'밥을 천대하면 운 또한 그대를 천대한다'는 옛말이 꼭 들어맞는 이야기이다. 예전에는 배가 부르면 다툼이 없고 마음도 평화로와 모든 일이 좋게만 보여졌다. 사실 배고프면 만사가 불만이다. 식사하기 전에 투정도 많고 해 달라는 것도 많은 아이들이지만 식사가 끝나고 나면 언제 그런 일이 있었느냐고 훌훌 털어 내는 것만 봐도 맞는 말이다. 그러나 인간은 빵만으로 살 수 없다는 말처럼 육신의 만족으로만 살아간다는 건 불행한 일이다.

어느 날, 온 식구가 나들이를 갔다.

나는 나들이 길에 먹을 간식으로 찹쌀 섞은 밥에다가 장아찌를 넣고 검은깨를 찍은 주먹밥이나 유부밥을 준비했다.

그런데 차가 막혀 길에서 꼼짝 못하는 것이었다. 할 수 없이 간식으로 준비한 음식을 꺼내자, 조금 전까지 투덜대던 아이들이 그렇게 좋아할 수가 없었다.

물론 한마디씩 하는 것은 잊지 않았다. 차 안에서 먹는 것보다 목적지에 가서 먹었으면 더 맛이 있었을 것이라는 이야기이다. 기다리는 시간이 지루하다는 뜻이리라. 그러자 남편이 나서서 내 편이 되어 주었다. 우리 가족이 한마음 되기 위한 '추억 만들기 여행'이라는 점을 강조하면서…. 한 가족이라면 다같이 한 마음이어야 할 텐데, 제각기 누리는 기쁨과 즐거움이 다르게 마련이다.

그날, 나와 남편이 차안에서 클래식 음악을 들으며 목적지에 가서 무엇을 먹을까 고민하자, 아이들은 그지없이 유치하다고 투덜댔다. 즐거운 여행길에 고작 밥 먹는 생각에 잠기느냐는 핀잔인 것이다. 아이들은 배만 부르면 행복하다고 느낄 것으로 믿는 나 자신이 속 좁은 여자일까.

“다음엔 아빠와 엄마만 놀러 가세요. 우리는 우리끼리 놀고 싶어
요.”

이유인즉, 세대 차가 심해서 같이 놀기 힘들다는 것이다.

결국 그날 목적지에서 우리는 김밥을 먹고 말았다.

김밥 집의 첫 손님은 우리 식구였다.

주인은 김이 솔솔 나는 새로 지은 밥으로 김밥을 말아 주었다. 그
런데, 김밥을 말면서 밥 위에 주걱으로 십자가를 긋고 동그라미도 함
께 긋기에 그 이유를 물었다. 그러자 주인은 천주교든 기독교든 불교
든 가리지 않는다면서, 이 밥을 먹는 모든 사람이 아무런 탈없이 좋
은 일이 많이 생겼으면 한다는 뜻이란다.

주인은 우리에게도 ‘좋은 일이 있을 것’이라는 말을 덧붙였다. 나
는 그 말을 듣는 자체가 행운이라고 생각했다.

아이는 하느님의 선물

누군가 "자녀가 몇이세요?" 라고 물으면 나는 당당하게 "셋"이라고 한다. 그러면 거의 의외라는 반응이다. '작가 조양희답지 않다'는 이야기이다. 그렇다면 진정 나다운 것은 어떤 것일까.

아이를 하나쯤 낳고 사회 활동에 온 정열을 바치는 맹렬 여성상이 나답다는 말인가. 자식을 낳고 키우는 일을 무슨 사업하듯 계산에 맞추는 게 마치 의식 있는 현대 여성의 표본 인양 착각하는 현실이 서글프다.

자녀를 하나 둘만 낳아 기르다 보니 자녀에 대한 관심이 넘쳐흐르고 있다. 조기 교육이니 영재 교육이니 하여 아이들을 달달 들볶기만 한다. 남의 집 아이보다 내 아이가 남달리 뛰어나야만 직성이 풀린다는 계산이다.

나도 큰애와 둘째만 있을 때에는 그 범주에서 크게 벗어나지 않았다. 그러나 막내 아이만은 귀여움만으로 키우고 싶었다. 그 덕택에 이따금 집안 어른들의 나무람을 듣기도 한다. 엄마 때문에 막내 아이가 버릇이 없다고 말이다. 하지만 나는 학교에 갈 때쯤 되면 경쟁심이 생겨서 열심히 할 것으로 믿었다. 막내는 워낙 구속받기를 싫어한다.

취학하기 전에 한글만은 깨우쳐야 되지 않을까 싶어 학원에 보냈는데, 일주일 가량 다니는 둥 마는 둥 하다가는 아예 놀이터에서 시간을 때우고 돌아오곤 했다. 아이를 야단치는 엄마에게 남편은 한술 더 뜬다.

"그냥 내버려둬, 실컷 뛰어 놀게! 그러지 않아도 연애 편지 쓸 때쯤 되면 사전을 싸안고 열심일텐데, 뭘!"

더 이상 말하면 내 속만 탄다. 텔레비전을 보다가 만화영화 제목이 나오면 누나나 형에게 사뭇 명령조다.

"제목, 빨리 읽어 줘!"

"행복의 파랑새!"

그 뿐이다. 형이나 누나가 곁에 있다고 믿기 때문일까, 글을 읽을 줄 알아야 한다는 생각이 전혀 들지 않는 모양이다. 현실을 전혀 모르는, 그야말로 '행복의 파랑새'다. 학교에서 알림장에다가 선생님이 내주는 과제를 적어야 할텐데 쓰다 말고 그냥 돌아오기 일쑤다. 그러니 자연 숙제를 못해 가는 날이 많다.

나는 막내 아이가 글을 제대로 읽지 못해도 당당하게 자라 주는 것만으로 과분하고 행복하다. 공부 잘하는 아이들이 행여 부모의 지나친 기대에 시달리면 시무룩해질 수도 있기 때문이다. 만일 그렇게 되면 그 아이는 인생의 첫 페이지를 읽기도 전에 비애감부터 맛보지 않을까. 우리 집 막내 녀석처럼 다소 늦게 한글을 깨우치더라도 개구쟁이로 지내는 게 나쁠 건 없다고 생각한다.

며칠 전, 학부모 모임이 있어서 담임 선생님을 만났다. 선생님은 막내 녀석이 운동에 남달리 열의가 있고 달리기를 잘 한다고 했다. 방긋방긋 웃기도 잘해서 저절로 정이 간다고 했다. 수업 시간에 질문도 많은데, 조장이란 직책을 맡아 잘 해내고 있다고 했다. 품안에 있을 때 어리광만을 부린 아이인지라 학교생활을 제대로 해낼까 걱정했는데, 막상 선생님의 말을 듣고 나니 흐뭇했다.

푼수 짓을 해도, 학교 생활에 적극적이어도 좋다. 그저 있는 그대로 건강하게 사는 그 모습이 좋다. 반드시 공부를 잘하고 똑똑하기보다는 있는 그대로의 순수함이 더욱 좋다고 생각한다. 아이는 자기 세계에 머물러야지 부모의 욕심에 이끌려서는 안된다는 게 내 방식이다.

막내 아이는 4학년이 되더니 제법 학과 진도를 따라갔다. 산수도 곧잘 해서 시험을 보면 실수로 한두 개 틀린 것 외에는 만점이다. 그럴 때마다 나는 수재를 만든답시고 놀고 싶어하는 동심을 일찌감치 붙들어 매지 않기를 참 잘했다는 생각이 들었다.

아빠와 엄마, 그리고 형제들의 틈바구니에서 사랑의 눈길을 먹으며 성장하면 족하지 않을까.

내가 세 아이를 키우면서 비교적 자유롭게 풀어 두는 이유는 그들에게도 존중받아야 할 인격이 있다고 믿기 때문이다. 하나의 인격체로 대접받을 때 이 다음에 어른이 되어서도 당당하게 한 사람의 몫을 해내지 않을까. 어려서부터 부모의 강압에 못 이겨 시키는 대로만 하는 아이는 어른이 되어서도 누군가 시켜야만 한 사람의 노릇을 할 수 있을 것이다.

아이는 하느님이 준 선물이다. 부모가 마음대로 할 수 있는 소유물이 아니다. 하느님의 기적의 선물을 잘 키워 하느님께 보답하고 싶다.

주부가 외출하는 날이면

　　　　살림만 하던 주부가 모처럼 외출하는 날의 집안 분위기는 한마디로 부산하다. 남편을 출근시키고 아이들을 학교에 보내면서도 머릿속은 온통 외출할 때 입을 옷 걱정이다.

　혹 늦을지 모르니 아이들이 돌아와 먹을 간식을 준비하면서도 걱정은 한 가지뿐이다. 몸에 맞는 옷이 있을까, 입을 만한 옷이 있을까 등등….

　매일 되풀이하는 얼굴 화장이지만 왠지 서툴고 마스카라와 눈 화장이 어색하기만 하다. 겨우겨우 화장을 마치고 외출복을 걸치면 허리 부분이 맞지 않아 자꾸만 굵어지는 허리와 왕성한 입맛만 원망하게 된다. 그런가 하면 몇 시에서 몇 시까지는 누구와 만나고 몇 시에 헤어져 찬거리를 볼 것인지 스케줄 짜느라 머리가 복잡하기 일쑤다.

　비교적 자주 외출하는 나 역시 예외는 아니다. 무슨 옷을 입을까를 먼저 떠올리는 나를 보고 남편이 한마디 한다.

　"여자는 젊으나 늙으나 다 똑같아!"

요즘에는 외출할 때마다 입을 옷 걱정보다는 돌아오는 시간을 맞추는 게 더 걱정이다. 아이들이 집에 돌아와 엄마가 없거나 남편이 귀가하여 아내가 없을 때 어떤 기분인가를 알기 때문이다.

언젠가 아이들이 아무 연락 없이 늦게 돌아왔을 때 무척 걱정했고, 남편이 평소와 달리 늦게 귀가했을 때 속상했기 때문이다.

어느 작가는 주부의 외출을 '황홀한 나들이'라고 표현했지만 내 경우에는 결코 화려하지 않다. 아니 내가 결코 '나'만이 아님을 확인 받는 시간이다. 만일 내가 사고라도 당하면 남편과 아이들에게 얼마나 충격을 줄까? 주부의 바깥 나들이는 가족과의 연결 고리를 더욱 강렬하게 조이는 계기가 되지 않을까 싶다.

나는 외출할 때마다 떠올리는 추억이 하나 있다.

다름 아닌 대학 시절의 이야기이다. 당시 집은 서울에 있었지만 대학은 춘천에 있는 가톨릭계의 성심여대를 다녔는데, 4년 동안 줄곧 기숙사 생활을 했다.

성심 수녀원이 운영하는 학교답게 기숙사 생활은 매우 엄격했다. 마치 예비 수녀를 교육시키듯이 침대에 걸터앉아도 안되며, 복도에서 군것질을 해도 안되고, 식사할 때 음식을 남기거나 소리를 내는 것조차 허용되지 않았다. 자주색 카디건과 회색 치마와 윗도리, 그리고 하얀 블라우스의 교복을 입어야 했으니 고등학교 시절과 달라진 게 하나도 없었다.

학생들을 가르치는 수녀님들은 각국에서 파견되었지만 말은 영어를 썼다. 영어에는 어느 정도 자신이 있어 아침에 인사하고 강의 듣고 기도하는 데에는 불편이 없었으나 외출만은 꽤나 번거로웠다.

미국인 사감 수녀님에게 외출하는 시간과 귀가하는 시간 그리고 용무가 무엇인지를 영어로 상세하게 보고하고 허락을 받아야 했던 것이다.

당시 춘천에는 '피앙세'라는 카페가 하나 있었다. 학교에 오르는 언덕 입구에 있었기 때문에 외출하면 으레 들러서 주인인 몽키 아저씨의 얼굴을 봐야 섭섭하지 않았다. 그리고 '코리나 코리나 아이 러브 코리나'라는 음악을 즐겨 들었다. 하지만 음악 감상을 위한 외출은 한 번도 허락되지 않았기에 학생들은 갖가지 구실을 대야만 했다.

사감 수녀님은 은행에 간다고 하면 "왜 돈을 매일매일 찾는지 모르겠군. 한꺼번에 찾으면 좋을텐데" 하면서 마지못해 외출을 허락하곤 했다. 하지만 친구가 아파서 문병을 간다거나 불우한 아이들을 도우러 외출한다면 좋은 일이라면서 얼른 가보라고 했다.

영화를 보러 간다고 하면 어떤 내용이냐고 꼬치꼬치 물었는데, 지금 생각해 보면 학생들의 영어 실력을 향상시키려는 방법이었던 것 같다.

서울에 집을 둔 학생들에게는 주말에 집에 다녀오는 일만큼은 무조건 오케이였다. 이유를 묻지 않았다. 때문에 우리들은 주말 외출을 꿈꾸는 금요일 밤이면 거의 잠을 이루지 못하곤 했다.

나는 특히 겨울에 외출하는 것을 즐겼다. 춘천에서 서울까지 기차를 타고 그지없이 쓸쓸한, 그리고 하염없이 내리는 눈과 산을 바라보는 게 마냥 좋았다.

훗날 문단에 등단할 때에도 작품 제목을 '겨울 외출'이라고 했다.

매서운 찬바람에 함박눈이 쏟아지는 겨울에 나들이 하기란 쉽지 않다는 점을 생각하여 나 나름대로 붙인 제목이었다.

사실 외출을 하면 뜻하지 않은 만남이 이루어지고 그 만남을 통해서 삶은 성장한다. 잦은 외출보다는 간간이 있는 외출이 더욱 의미 깊게 다가온다. 물론 외출하여 돌아오지 않으면 가출이나 행방불명이기에 외출이란 돌아올 제자리가 있다는 말이기도 하다.

무조건 외출을 하고 싶어 안달을 부렸던 대학 시절보다, 무슨 옷을 입을까 걱정하고 몇시에 집에 돌아와야 한다고 스케줄 짜기에 바쁜 요즘의 내 모습이 과연 더 아름다운 것일까.

왜 남편은 내 컵만 탐낼까

사랑을 표현하는 방식은 사람마다 다르다. 값비싼 반지를 연인의 셋째 손가락에 끼워 주며 구애하는 사람이 있는가 하면, 물잔 하나를 선물하면서 오래도록 자기의 순수한 마음을 읽어 주도록 기대하는 사람도 있다.

지난 해 가을에 이웃집으로부터 물잔 하나를 선물 받았다. 그녀는 집안을 고치는 공사 때문에 소음을 내서 미안하다며 컵 하나를 살짝 내밀었다. 받을 때는 무덤덤한 느낌으로 받았는데, 하루하루 그 컵을 만지면서 색다른 느낌이 다가왔다. 물을 마시거나 커피를 마실 때마다 그 컵을 자주 쓰는 나 자신을 본다.

그녀와의 첫 만남은 아파트 복도에서였다. 이삿짐에 파묻혀 있는 그녀는 무척 피곤해 보였다. 그 뒤, 우리 두 사람은 스치고 지나가면서 눈웃음을 주고받았다.

슈퍼에서 만나기라도 하면 그녀는 "이 물건은 써 보니까 무척 좋아요!"면서 은근히 살 것을 권했다.

친절하고 따뜻한 마음씨를 가진 두 아이의 엄마였다.

우리는 비가 오면 '비'를 이야기했고, 바람이 불면 '바람'을 이야기했다. 추우면 추운 이야기, 더우면 더운 이야기를 던지면서 지나쳤다. 점점 가까운 사이가 되어 이젠 남편과 아이들의 이야기까지 부담 없이 주고받는 사이가 되었다.

때때로 그녀는 찬거리를 좀 사 왔는데 먹어 보니 맛있다면서 슬쩍 밀어 놓고는 사라진다. 꼼짝하지 않은 채 책상머리에 붙어 앉아 원고지와 씨름하는 저녁일 경우, 나는 그녀가 내밀고 간 찬거리로 식탁을 메울 때도 있었다.

우리집 아이들이 물통과 젓가락을 빠뜨리는 날이면 그녀는 여지없이 학교로 달려가 내 아이들에게 그것을 건네주곤 했다. 그러면서 좋은 글을 써서 보답하라는 것이다. 말하자면 그녀는 나로 하여금 무엇을 해야 하는가를 알려준 셈이다.

그래서일까, 날이 갈수록 내 마음은 그녀에게로 점점 쏠리고 있었다. 번거롭지 않으면서 세심한 방법을 택해 주위 사람을 배려하는 그 마음이 그토록 예쁘게 보일 수가 없었다. 나 역시 선물로 받은 그 물컵을 잡을 때마다 그녀의 향기를 맡고 있다.

우리집은 식구마다 제각기 전용 물잔이 있다. 큰아들의 물잔이 가장 크고, 딸 아이의 물잔은 예쁜 꽃무늬이다. 식탁에서 물잔이 뒤바뀔 때면 한바탕 소란을 떤 후에야 제 주인을 찾아간다.

하지만 늘 자기 물잔을 사용하지 않는 사람이 있다. 남편이다. 남편은 손에 잡히는 대로 아무 것이나 쓴다. 그 중에서도 유독 내 물잔을 쓸 때가 많다.

얼마 전에 물잔을 하나 샀다. 남편이 내 물잔을 자꾸 쓰는 게 혹 자기 물잔이 마음에 들지 않아서 그런가 보다 생각했던 것이다. 그날 저녁, 남편은 새것으로 내놓은 잔을 쓰기보다는 여전히 내 물잔에 손을 댔다. 아침에 일어나 물을 마실 때조차 내 컵을 집는다. 잔소리를 해도 마찬가지였다.

나는 내 물잔을 남편에게 주기로 했다. 그 대신 나는 그녀에게 선물받은 물잔을 사용하기로 했다. 그런데도 남편은 또다시 선물받은 내 물잔을 집는다. 그렇게 아내의 것이 좋을까?

요즘, 나와 남편은 그녀가 준 물잔을 함께 쓰고 있다.

사람이 보고 싶거나 음악을 듣고 책을 읽을 때면 늘 그 물잔을 찾는다. 아마도 그 물잔이 화려하지도, 천박하지도 않기 때문이리라.

바느질하는 엄마가 좋다

늘 붙어 다니는 단짝이나 사이가 유별나게 좋은 부부를 흔히 '바늘과 실'에 비유한다. 그들은 서로 떼어놓고 생각할 수 없을 만큼 붙어 다닌다. 가까이 지켜보던 사람들조차 둘 중 한 사람만 보이지 않으면 야릇한 불안감을 느낀다.

실을 떼어놓으면 바늘은 참으로 쓸모가 없다. 그러나 바늘에 실이 꿰어진다면 사정은 달라진다. 낡은 헝겊이 고운 무늬의 수예품이 되고 버리려고 내놓았던 옷가지가 몇 년 더 유용하게 입을 수 있는 옷으로 둔갑되기도 한다. 그야말로 바늘과 실이 하나로 된 위력은 우리의 상상을 초월한다.

아무리 빛깔 좋은 물건이라도 그 물건을 도와주는 적당한 도구가 없다면 아무것도 창조해 낼 수가 없다. 그래서 인격과 인격의 만남이 잘 어우러질 때 우리는 '바늘과 실같다'는 말을 하는 것 아닐까. 마음과 마음이 잘 통하는 사람들이 모이면 무엇이든지 이루어 낸다.

이 세상은 나 혼자 살아갈 수 없다는 진리를 아주 작은 바늘과 실이 보여주고 있는 셈이다. 손가락 하나 길이의 쇳조각에 달린 작은 구멍, 그것은 삶의 과녁을 의미하기도 한다. 그 통로에 실이 꿰어져야 바늘은 비로소 제 구실을 할 수 있다. 실이 꿰어져 있지 않은 바늘은 제아무리 날렵한 녀석일지라도 옷감을 꿰맬 자격이 없다.

사는 일은 바로 눈에 보일 듯 말 듯한 작은 바늘구멍을 빠져나가는 실과 같다. 그래서 정확한 조준이 필요하다. 바늘구멍보다 실의 두께가 두꺼우면 바늘에 실을 꿰는 일은 불가능하다.

올이 빠진 털옷이나 해진 양말이나 내복 자락 등을 꿰매려고 바늘구멍에다 실을 꿸 때면 으레 성서에 나오는 부자와 낙타 우화가 떠오른다. 부자가 하늘 나라에 들어가는 일은 낙타가 바늘 구멍에 들어가는 것보다 어렵다는 교훈 때문에 부자도 아닌 나는 자주 그 우화를 생각한다.

남보다 더 많이 소유하고 싶다는 욕구와 이기심은 낙타의 등에 있는 물주머니와 같다. 낙타만이 고집하는 이상과 꿈을 실은 그 물혹을 포기한다면 바늘구멍을 통과하기도 훨씬 수월할텐데… 멋있고 빨리 달리는 낙타보다 서글픔을 삭히면서 뜨거운 모래 위를 한발 한발 디디는 고통을 택한 낙타에게 물주머니는 큰 위안이다.

인생의 길은 힘들고 고되다. 그 중에서도 주부는 더욱 고달프다.

주부는 물질과 욕망이라는 틈바구니에서 투쟁한다. 그 싸움은 때로는 처참하고 쓸쓸하다. 하지만 결과는 언제나 보람차다. 여린 생명들이 미래를 기다리고 있기 때문이다.

어찌 보면 바늘구멍의 수련자들은 바로 평범하게 살아가는 우리 주부들이 아닐까 싶다. 주부들이야말로 날마다 일어나는 크고 작은 사건들을 어깨에 짊어지고 바늘구멍이라는 커트라인을 통과하려고 엄격한 시험을 치르고 있다.

　남편과 아이들은 바늘 상자를 펼쳐 놓은 채 양말과 옷을 꿰매고 있는 나를 무척 고상하게 여기는 모양이다. 딸아이는 한술 더 떠서 '책을 읽는 엄마'보다 '바느질하는 엄마'가 훨씬 보기에 좋다고 한다.
　그 이유를 물으니, 책은 다 읽고 난 후에 아무런 증거가 남지 않지만 바느질은 사용할 수 있는 반듯한 물건을 남기기 때문에 생산적이어서 좋다는 것이다.
　사랑이라는 말은 가장 흔하지만 그것을 얻기 위해서는 크나큰 고통이 뒤따른다. 바늘이 아픔을 뚫고 들어갈 때 실도 함께 그 고통의 자국 안으로 들어간다. 그래서 한 뜸 한 뜸 떠질 때 비로소 아름다운 무늬가 탄생한다. 바늘과 실처럼 고통스러움을 서로 같이 받아들여야 한다.

혼자 있는 시간

이따금씩 찾아오는 고요가 불안하다. 라디오를 틀었다가는 꺼 버리고, 텔레비전 채널을 이리저리 옮겨 본다. 그것도 시들하면 떠오르는 전화번호를 꾹꾹 누른다. 신호가 가고 낯익은 목소리가 들리지만 통화 내용은 그저 판에 박힌 일상적인 이야기다. 한마디로 "밤새, 안녕"으로 끝내도 될 말들이다. 이게 정녕 나 혼자만의 시간인가.

아이들이 커 갈수록 나 혼자만의 시간이 점점 늘어났다. 그토록 나만의 시간을 갖기를 원했으면서도 막상 홀로 고요 속에 놓이게 되면 어떻게 보내야 할지 망설이게 된다.

오늘만 해도 그렇다. 원고 마감 시간에 쫓겨 아이들이 집에 돌아오기 전까지 종종거리다가 발목에 전깃줄이 감긴 줄도 몰랐다. 손톱이 하나 부러진 후, 그것만 자르니까 들쭉날쭉하다. 매사가 이 모양이다.

처음엔 내 시간만 갖게 되면 뭐든지 할 수 있을 줄 알았다. 그러나 그게 아니었다. 침묵의 공간을 자기 것으로 만드는 데도 준비하는 마음이 필요했다.

집안을 가득 채우고 있는 문명의 이기들, 이를테면 라디오, 텔레비전, 전화, 컴퓨터, 삐삐 등 모든 것이 하나같이 까다롭게 울어댄다. 그럴 때면 어김없이 나를 좀 조용히 내버려두었으면 하는 생각이 앞선다. 그러나 생각해 보면, 그것을 침묵으로 받아들일 마음의 문을 열지 못하고 있는 것뿐이다.

하늘을 채우고 있는 태양과 달과 별들, 그리고 지상을 가득 메우는 산과 들과 그 품안에서 자라나는 나무와 꽃들은 묵묵히 질서정연하게 성장하고 있다. 이런 침묵하는 자연의 언어를 익혀서 내 것으로 만들 수만 있다면…

참된 고요란 어둠 속에서 멍한 눈빛으로 째깍거리는 시계 소리를 듣는 게 아니다. 눈부신 삶의 대낮 한가운데에서도 마음속에 아무런 바램도 쓰여 있지 않은 백지 한 장을 깔아 놓는 일일 것이다. 설거지 소리, 아이들의 떠드는 소리, 그리고 남편의 귀가 시간을 알리는 괘종 시계 소리에 귀를 기울일 수 있는 내면의 침묵이 필요하다.

남편과 아이들이 모두 밖으로 나가는 9시부터 오후 4시까지는 나만의 시간이다. 그러나 이상하게도 그 시간에 하는 일이란 고작해야 전화에 시달리거나 충동적 만남에 불려 외출하는 것이 대부분이다. 뭔가 생산적인 일을 해야겠다고 마음먹지만, 남편과 아이들이 돌아와 기대하는 일을 준비하다 보면 틈을 내기가 쉽지 않다. 그렇다고 식구들이 나에게 요구하는 것도 많지 않다. 가족들을 편안하게 돌보는 일로 나만의 시간을 채우는 게 보다 현명하다고 믿는 내 고집 때문이다.

잃어버린 단추 찾아준 남자

우리 나라 여객기가 미국에 첫 출항할 70년대에는 로스앤젤레스까지만 운항했다. 호놀룰루가 중간 기착지였다. 하지만 승무원들은 서울에서 호놀룰루까지 왔다갔다 하는 팀과 호놀룰루에서 로스앤젤레스를 왔다갔다 하는 팀으로 나뉘어져 있었다. 때문에 후자 팀에 속한 승무원들은 대부분 향수병에 걸려 있었다.

대한항공 승무원이었던 나 역시 지독한 향수병을 앓았다. 다소 위안되는 일은 일 주일에 3일 이상 휴일이라는 점, 그리고 '알라모하나'라는 거대한 쇼핑센터에서 사람을 만나고 쇼핑을 즐기는 일이었다. 승무원들이 머문 곳은 와이키키 해변에 있는 모하나 호텔이었다. 1백 년 가까이 된 나무로 지은 집이라 삐걱거렸지만, 야자수들이 흐드러지는 해변과 어우러져 낭만과 운치는 그만이었다.

나는 쇼핑을 할 때 주로 단추를 골랐다. 어릴 때부터 수예나 뜨개질을 좋아하는 편이어서인지 단추를 모으곤 했다.

나는 단추들을 색깔별로 사서 액세서리를 만들었다.

　그 시절, 유명한 모델들은 단추로 만든 액세서리를 즐겨 장식했는데, 나는 잡지에 난 사진을 본떠 만들다가 나중에는 직접 아이디어를 내서 만들었다.

　때로는 낚싯줄을 사서 작은 단추와 큰 단추를 섞어 목걸이나 팔찌를 만들기도 했다. 그 목걸이나 팔찌를 친구들에게 선물했는데, 그걸 받아 든 친구들은 하나같이 환호성을 지르곤 했다.

　작은 와이셔츠 단추를 실에 엮어 만든 목걸이는 하와이 민속 의상과도 잘 어울렸다. 뜨개실로 화려한 단추를 섞어 엮으면 보는 이들마다 어디에서 샀느냐고 물어 오는 게 즐거웠다.

　서울 나들이를 할 때에도 그 여러 색깔의 단추 목걸이를 갖고 다녔다. 남자를 소개받을 때도 자랑삼아 목걸이를 걸고 나갔는데, 한 번은 데이트를 하면서 식사를 하는 도중에 그만 단추 목걸이가 터져 버린 일이 있었다.

　단추는 저마다 흩어져 식탁 위로, 바닥으로 대굴대굴 굴러 달아났다. 식사하던 주위 사람들도 놀라 나를 쳐다보고 있었다. 그런데 그 단추가 하필이면 데이트하는 남자의 접시 속에 빠지다니…. 그때의 당혹감이란 이루 말로 다 표현할 수 없다.

나는 엉겁결에 바닥으로 굴러간 단추를 놔두고 접시 위로 튕겨진 단추들만을 손으로 집어냈다. 그 남자의 접시에 빠진 단추 역시 집어냈다. 한 달이 훨씬 지난 어느 날, 그 남자를 만났는데 그는 당근 빛의 단추 하나를 들고 나왔다.

그때부터 나는 옷을 살 때면 단추를 눈여겨보는 버릇이 생겼다. 집에서도 옷을 입을 때 단추가 하나라도 없으면 장 속에 일단 도로 넣어 둔다. 다른 단추를 달아 입을 생각을 하지 않는 것이다. 훗날 제 단추를 찾아 입겠다는 생각뿐이다.

결혼한 이후 단추로 액세서리를 만드는 일도 그만두었다. 대신 단추를 병에 모으고 있다. 아침부터 일이 제대로 안되거나 괜히 마음이 뒤숭숭하면 처녀 시절에 잃어버린 홍당무 빛깔의 주홍 단추를 찾기라도 하듯 단추가 담긴 병을 마구 흔들어 댄다.

마치 단추가 잘못한 양 화풀이를 해댄다.

병 속에 담은 단추를 쳐다보면 꼭 보호소에서 엄마나 아빠를 기다리고 있는 미아와 같다. 때로는 유리병 속에 갇힌 그 모습이 나 자신 같기도 했다. 하지만 빼곡이 들어차 있는 단추 하나 하나에 우리 가족의 희로애락이 담겨 있어 내다 버릴 생각은 꿈조차 꾸지 않고 있다.

남편의 와이셔츠 단추나 아이들의 크고 작은 단추 하나 하나를 곰곰이 들여다 보면 그 단추에는 나의 지문이 묻어 있다. 영혼이 몸 안에 들어갈 때 남긴 발자국이 지문이라는데, 그 단추에는 내 영혼의 발자취가 남겨진 셈이다.

옷에서 단추 하나가 없어지면 그 옷은 입지 못한다. 하나가 없어질 때 다른 것도 덩달아 무용지물이 되는 이치가 흡사 가족과 같다.

하지만 남편의 와이셔츠 소매 단추를 달아 줄 때마다 잃어버린 주홍 단추를 내 손에 쥐어주고 간 남자가 생각나는 이유는 무엇일까. 아직까지 주홍단추는 내 옷에 단추답게 달려본 적이 없다.

금붕어는 생선?

우리 집에는 어항이나 새장이 없다. 금붕어를 키운 적도, 새를 기른 적도 없다. 나는 살아 있는 그 어떤 동물도 기를 만한 강인한 마음을 갖고 있지 못하다. 해마다 봄날이면 아파트 앞에는 금붕어를 파는 아저씨들이 빨간색, 노란색 금붕어들이 가득 담긴 어항을 들고 나타나 아이들을 유혹한다. 그럴 때면 아이들은 우리 집도 금붕어를 기르자고 졸라댄다. 하지만 나는 아이들이 아무리 울고불고 졸라도 못들은 척하거나 냉정하게 거절한다. 이렇게 말하면 사람들은 나를 가리켜 냉혹한 여자라고 말할지 모른다.

그러나 내가 살아 있는 동물을 곁에 두지 못하는 이유는 간단하다.

나는 어항 속의 금붕어를 들여다 보면 측은한 생각부터 앞선다. 병원에 가면 대기실에 커다란 어항이 놓여 있는데, 그 어항 속에는 매운탕을 끓이면 제법 맛날 것 같은 물고기들이 지느러미를 흔들거리며 여유롭게 헤엄쳐 다닌다. 때로는 팔뚝만한 물고기가 눈에 띄어 꽤나 좋은 횟감이라는 생각에 군침을 삼키기도 한다.

하지만 어항을 들여다 볼 때마다 나 자신이 물고기 신세인 것같아 가슴이 답답해진다. 또 아이들은 나의 어항 속에서 노는 금붕어라는 생각이 든다.

만일 어항이 깨지면 물과 함께 바스러진 유리 조각들로 사람이 다치게 될까 두렵고, 그것을 치우는 일거리와 퍼덕일 금붕어를 생각하니 도무지 엄두가 나지 않기 때문이다.

누군가 집안에 어항을 두면 건조하지 않고 감기 예방에도 도움이 될 테니 금붕어를 길러 보라고 권하면 대개는 건성으로 듣기 일쑤다. 무엇보다도 금붕어를 돌봐 주는 정성과 시간을 전혀 내고 싶지 않기 때문이다. 강아지를 기르고 싶다는 아이들의 투정을 들어주지 않는 까닭 역시 세 아이들을 기르는 일이 강아지만큼이나 많기 때문이다. 아마도 아이들을 키우면서 끊임없이 씻기고 먹이고 하는 노동에 지쳐 있는가 보다.

이유는 또 있다. 이별이 싫어서이다. 금붕어나 강아지는 수명이 짧아서 언젠가 나와 작별을 해야 할텐데, 이별한다는 것은 생각만 해도 끔찍한 일이다. 사람을 즐겁게 하기 위해 어떤 생명이라도 이용할 가치가 없다는 나만의 별난 상념 탓이다. 외로움을 달래기 위해 강아지를 기른다든지 장난감 삼아 금붕어나 새를 기른다는 생각 따위는 더욱 하지 못한다. 강아지와 눈을 마주치는 일조차 미안한 일인데, 하물며 언젠가는 죽을 금붕어에게 먹이를 주는 일은 그 얼마나 섬뜩한가.

새를 철창에 가두는 일은 잔인하다. 끝없이 펼쳐진 하늘과 숲을 날아야 할텐데 새장에 갇혀 있으니 그 신세가 얼마나 서글픈가. 새장을 볼 때마다 문을 열어 날려보내고 싶은 충동이 불쑥불쑥 솟구친다.

큰딸이 네 살 때의 일이다. 선배의 초대를 받아 간 집에는 어항이 있었고, 그 어항 속에는 두 마리의 금붕어가 노닐고 있었다. 그 집에 함께 동행했던 친구의 아들과 우리 집 딸애가 금붕어를 보자마자 말다툼을 시작했다. '물고기'라고 우긴 쪽은 내 딸이었고, '생선'이라고 소리지르는 쪽은 친구네 아들이었다.

어른들은 재미있다고 맞장구치면서 아이들의 말싸움을 부추겼다. 자연 '물고기'가 맞다는 편과 '생선'이니 회를 치자는 쪽으로 갈라졌다. 분위기가 딱딱해지면서 친구 아들이 딸애의 머리 꼬리를 잡고는 '우기지 마라!'고 했다. 그러자 화가 난 딸애가 상대방을 밀쳤는데, 그 바람에 그만 어항이 깨지고 말았다. 방바닥이 물바다로 변하면서 금붕어가 화들짝 놀라 퍼덕였다. 어른들은 서둘러 금붕어를 유리컵에다가 담았는데, 두 아이는 언제 싸웠는가 싶게 손바닥을 치면서 좋아했다. 애꿎은 어항만 깨지고 만 셈이다.

우리 집에도 어항이 있긴 하다.

금붕어가 놀고 있는 진짜 어항이 아니라 베란다가 그것이다. 아파트 밖에서 쳐다보면 영낙없는 어항이다. 물빛이 어스름하게 내려앉고 누군가가 일렁일렁 걸을 때면 마치 물고기가 지느러미를 흔들며 유유히 헤엄치는 것과 같다.

언젠가 남편에게 "당신과 아이들은 내 어항 속을 헤엄치는 금붕어예요" 라고 말했다가 혼이 났다.

아이들은 관상용 금붕어처럼 엄마 앞에서만 잘 보이는 게 싫다고 한다. 각자의 개성이 있는데, 왜 하나의 어항에다가 개성을 가두어 두느냐는 이야기이다. 그러고 보니 남편이 나를 아내로, 아이들이 나를 엄마라는 이름의 어항에 가두고 있는 것 같다.

오지그릇 찻잔에 담은 사랑

우리 집에는 두 종류의 찻잔이 있다. 투박한 오지그릇 잔과 노리다께 찻잔이다. 질박한 오지그릇은 누구라도 편안하게 받아 줄 것 같은 푸근함을 준다. 잿물을 발라 구운 투박한 그릇에서 풍겨 나오는 흙 내음 때문일까, 순한 정이 손끝에 묻어나는 것 같아 운치를 더한다. 오지그릇 찻잔에 커피를 타서 마시면 맛의 그윽함으로 전통 찻잔의 여유로움을 더욱 느끼게 한다. 노리다께 찻잔은 너무나 깔끔하고 날렵해서 군때가 끼고 마디가 굳어 가는 손을 더욱 초라하게 만든다. 또 촉감이 매끄러워 깨질까 봐 부담스럽다.

그렇다면 우리는 하루하루 어떤 그릇으로 빚어지고 있을까. 질그릇처럼 부담 없고 정겨운 동네의 아주머니 같은 사람일까, 아니면 유리그릇처럼 깨지기 쉬운 거북스런 사람일까.

그 생김새가 잘나지도 못나지도 않은 수수한 물컵이나 편안한 찻잔이라면 더 이상 바랄 것이 없을 것 같다.

찻잔을 이야기하면 늘 떠오르는 한 사람이 있다. 비행기 승무원으로 일하던 처녀 시절, 일본 도쿄에서 만난 남자이다. 당시 나는 하네다 국제공항에서 20여 명의 홍콩, 중국, 타일랜드, 일본인들과 함께 합숙을 하며 국제비행 교육을 받고 있었는데, 숙소는 공항 근처의 일본식 여관이었다.

식사할 때나 차를 마시고 싶으면 주방 옆의 작은 식당을 이용했다. 그 곳에는 언제나 잎차와 뜨거운 물이 준비되어 있어서 곧잘 애용하는 편이었는데, 그 때마다 창문 밖으로 보이는 작은 정원이 젊은 처녀 마음을 사로잡곤 했다. 돌과 대나무와 연못이 어우러져 있고, 연못 안에는 비단 잉어가 놀고 있었다.

바람이 일면 사각거리는 대나무 사이로 연못을 엿보는 재미에 잎차를 만들어 마시면서 우리들 사이에는 각자 사용하는 전용 찻잔이 저절로 정해졌다. 식당에 들어서면 으레 자기 찻잔에다가 물을 따라 마시곤 했다.

나도 찻잔 하나를 정해 놓고 있었다.

어느 날 식당에 들어섰는데, 내 전용 찻잔이 보이지 않았다. 주위를 둘러보니 어느 낯선 남자가 들고 있었다. 진 바지에 흰색 티를 입고 히피 머리를 한 남자였다. 그리 나빠보이지 않는 옆모습인데, 짙은 속눈썹이 강하게 다가왔다. 나중에 안일이지만 그 여관에는 우리 여승무원 말고도 같은 또래의 남자들이 묵고 있었다.

다음날, 아침 식사를 하러 식당을 찾았는데 역시 그 남자가 내 찻잔을 갖고 있었다. 공동으로 사용하는 컵인지라, "내 찻잔인데요"라고 말하기가 쉽지 않았다. 결국 나는 찻잔을 찾겠다는 생각을 포기하고 이것저것 손에 잡히는 대로 찻잔을 쓸 수밖에 없었다.

어느 날, 식사를 한 후 빈 그릇을 씻으려고 싱크대로 다가갔다. 순간, 싱크대 한 구석에 놓인 찻잔이 눈에 띄었다. 그토록 찾던 내 찻잔이었다. 하지만 온통 금이 가고 가장자리 역시 깨져 있었다. 나는 그만 화가 나서 나도 모르게 "어머나, 내 찻잔이었는데…" 하고 비명을 질렀다.

그때 바로 어깨 너머에서 남자의 목소리가 들렸다.

"제 실수였습니다. 어쩌죠? 미안해서."

그 목소리는 이 세상에서 내가 들어본 목소리 가운데 가장 멋진 목소리였다. 나지막하게 가슴에 스며드는 음색이었다.

목소리의 주인공은 바로 여관 주인의 둘째 아들이었다.

그는 내가 쓰던 찻잔을 사용한 지 벌써 3년째라고 했다. 어느 날인가, 늘 쓰던 자기 찻잔이 없어지곤 하여 그 찻잔을 쓰는 내가 어떤 사람인가 궁금했다고 했다.

그런데 간밤에 어둠 속에서 그 찻잔을 식당으로 가지고 나오다가 밤고양이가 지나가는 바람에 놀라 그만 바닥에 떨어뜨렸다는 것이다. 말하자면 찻잔을 깨뜨린 이유를 변명한 셈이다.

나는 깨진 찻잔보다 그의 목소리에 점점 빠져들어 가는 느낌이 들었다. 그는 도쿄에 있는 어느 대학원 학생인데, 홀어머니가 경영하는 여관 일을 잠시 도와주러 왔다고 덧붙였다.

우리 두 사람은 나중에 헤어질 때 서로 찻잔을 교환했다.

그리고 얼마 동안 비행하면서 그 찻잔으로 차를 마시노라면 찻잔 속을 울리는 그의 목소리가 들리는 듯하여 피로가 가시곤 했다. 이제는 다 부질없는 추억이지만…

결혼한 후, 나는 시어른으로부터 물려받은 찻잔보다는 친구로부터 선물 받은 찻잔을 즐겨 사용한다. 시어른으로부터 물려받은 찻잔은 왠지 그 안에 시댁 식구들의 입김이 서린 듯 친근감이 덜하여 자연히 내 손끝에서 처진다.

아무래도 아무런 조건 없이 축하하는 마음으로 가져다 준 선물을 쓰는 게 마음 편하다. 이 찻잔으로는 잎차를 따르거나 커피를 즐겨도 좋고, 물을 따라 마셔도 좋다.

찻잔이 비싸거나 너무 부담을 주게 되면 조심스러워져 금방 싫증을 불러오기 마련이다. 곁에 있은 듯 없는 듯, 또 깨져도 그리 아깝지 않은 찻잔이 오히려 마음 편하지 않을까.

그래서인지, 오지그릇 찻잔에 잎차를 끓여 마시면 마음이 안정되고 편안하다. 차의 향기나 맛보다는 물을 끓여 찻잎을 우려내는 과정이 정갈한 분위기를 감돌게 한다. 혀끝에 닿는 맛 이상으로, 산만하고 들뜬 마음이 제자리로 돌아와 앉는다.

그런 찻잔에다가 정성을 고이 담은 채 이야기를 나누다가, 상대방과 생각이라도 일치되면 그 시간들은 많은 말을 하지 않아도 참으로 훈훈하다. 타인의 약점을 들추거나 자신을 자랑하는 말들이 부끄러울 뿐이다.

수수함과 겸손함을 간직한 오지그릇 찻잔은 있는 그대로의 나의 모습을 비춰 주는 것 같아, 부질없는 욕망에 사로잡힐 때 이 찻잔을 잡으면 편한 친구를 만난 기분이 된다.

중년 아줌마의 꿈풀이

　　누구나 이런 느낌을 가져본 적이 있을 것이다. 무척 낯선 곳인데도 전에 한 번쯤은 왔던 것 같은 느낌, 혹은 언젠가 겪었던 일이 지금까지 이어지는 것 같은 야릇함을 경험한 적이 있을 것이다. 중년의 나이에 들어서고 보니, 꿈도 예사롭지 않다. 대부분 실제와 비슷할 때가 많다. 삶을 바라보는 자세를 올곧게 가져야 마음이 평화롭고 꾸는 꿈도 순수해지는가?

　꿈 속에 존재하는 모든 동식물은 사람이 살아가는데 중요한 요소인 것 같다. 그렇지 않고서야 어찌 꿈 속에까지 따라올 리가 있겠는가. 미리 삶을 예시해 주는 것은 아닐까 싶기도 하다.

　꿈은 선명하게 기억하더라도 막상 깨고 나면 대부분 또렷하지가 않다. 그래서 요즘에는 부쩍 요상하거나 생생하게 기억되지 않는 꿈 이야기들을 메모해 둔다. 꿈은 과연 나의 생활에 어떤 의미를 주는가를 알아보고 싶은 호기심 때문이다.

　우선 꿈을 꾼 날짜와 줄거리를 적고 특별히 떠오르는 사물이나 사

"

건을 빨갛게 표시한다. 꿈을 꾸지 않을 때도 있지만, 일주일이나 보름씩 계속 적다 보면, 꿈에 나타나는 것은 분명 후일 일상 생활에서 보거나 경험한 것들이다.

꿈과 똑같은 체험을 했을 때는 빨간 펜으로 무엇과 관계가 있는지, 어떻게 체험했는지를 다시 표시해 둔다. 얼마 동안 계속하다 보니, 꿈을 꾸고 난 2~3일 뒤에는 실제로 비슷한 체험을 한다는 사실을 알아냈다.

옛 사람들이 과거보러 가는 날이나 취직, 입학 시험을 보는 날에 불길한 꿈을 꾸면 몸조심이나 언행을 절제한 이유를 알 것 같다.

그렇다면 꿈은 왜 예감을 줄까.

나는 평소에 갖는 의식이나 행동 또는 직감에서 오는 결과라고 생각한다. 예민한 사람은 예민한 대로, 무딘 사람은 무딘 그대로를 반영하는 것 같다. 어떤 사람들은 꿈에 있었던 일들이 똑같이 재현되는 현실을 '파장의 교란'이란 말로 표현하기도 한다.

내가 꾼 꿈 가운데 하나인데, 언젠가 꿈속에서 어렵게 비밀문서를 빼내어 눈덮인 산으로 도망가고 있었다. 겨우 안전지대로 빠져 나왔는데, 막다른 성벽이 가로막고 있어서 마침내 도망가는 것을 포기하고 말았다.

순간, 성벽 아래에 달린 쪽문이 열리더니 한 스님이 나와서 나를 도망가게끔 해주는 것이었다. 그 스님의 머리에는 푸른 빛이 감돌았고 얼굴 빛도 윤기가 났다. 나는 속으로 "피부가 끝내주네…. 육식을 하지 않고 초식만 하니 그럴테지" 하면서 중얼거렸다.

그 일이 있은 후 일주일이 지난 뒤였다.

그 꿈을 까마득히 잊고 있었는데, 인사동의 어느 한식집에서 식사를 하게 되었다. 된장에 밥을 맛있게 비벼먹고 있는데, 한 사람이 우리와 합석을 했다. 그를 쳐다본 순간, 나는 숟가락을 놓고 말았다. 며칠 전에 꿈속에서 본 바로 그 스님의 모습이었다. 머리에 푸른 빛이 감돌았고 얼굴에 윤기가 났다.

하나 더 이야기해 보자.

벽에 붙은 지도를 보고 노인들을 찾아가 함께 게임을 하고 노래를 부르며 즐겁게 노는 꿈이었다. 평소 꾸지 않던 꿈인지라 얼른 적어 두었는데, 그날 저녁 텔레비전에서 파고다 공원에 있는 노인들의 모습을 방영하는 것이었다. 아나운서가 어느 할아버지에게 "서태지에 대해 어떻게 생각하십니까?"라고 묻는 것이었다. 텔레비전에 비춰진 노인들의 모습이 꿈속에서 보았던 광경과 비슷해서 놀랬다.

로마의 콜로세움 같은 원형극장에서 많은 사람들과 이야기를 나누는 꿈도 꾼 적이 있었다.

그런데 며칠 뒤에 텔레비전 채널을 돌리다가 한 곳에 시선이 고정되고 말았다. 콘서트를 녹화하는 장면이었는데, 나는 연주자가 너무나 잘생긴 남자여서 다른 곳으로 돌리지 않고 계속 들여다 봤다.

장소는 외국의 원형극장인 것 같았다. 그리스의 아테네인지, 군데군데 반쯤 무너져 내린 이오니아식 기둥들이 한 눈에 들어왔고, 고대의 옛 건물과 현대의 최신식 조명이 한데 어우러져 환상적인 분위기를 자아냈다. 확실히 그곳은 꿈에 내가 있었던 곳과 거의 똑같았다. 미국인 작곡가 야니(Yanni)의 작품 발표회였다. 그 이후 그를 무척 좋아하게 되었다. 피아노 연주가 끝나자 모든 사람들이 기립박수를 친 것도 비슷했다. 사람은 예감이라는 파장을 받는다. 일상은 바로 나의 미래를 함께 말해주는 일이다. 여러분도 꿈을 적어보면 어떨까.

집안에서 쉽게 실천할 수 있는 환경운동 50가지
우리집은 환경운동을 하고 있습니다

세 제

1. 설거지 때는 빨래비누를 조각 내어 작은 통에 풀어서 사용한다.

2. 수세미 대신 면행주로 설거지를 한다.

3. 설거지는 흐르는 물에서 하지 않고 받아서 쓴다.

4. 빨래비누를 하루 전에 물에 담구고, 녹았을 때 세탁기에 부어 세탁한다.

5. 쓰고 남은 조각 비누는 스타킹이나 양파 자루에 넣어 욕실에서 쓴다.

6. 쌀뜨물은 받아 두었다가 얼굴 마사지나 머리를 헹굴 때 쓴다.

7. 샴푸를 사용하지 않는다. 야채 물이나 식초로 린스를 대신한다.

8. 야채 데친 물은 냉장고에 담아 두고 음식을 만들거나 머리를 감을 때 쓴다.

9. 화장실이나 싱크대를 닦을 때는 식초 세 숟갈, 베이킹 파우더 한 숟갈, 소금 약
   간을 섞어 쓴다.

10. 기름기 있는 설거지는 밀가루나 쌀뜨물을 이용한다.

11. 표백제는 쓰지 않는다.

12. 프라이팬은 사용하고 난 뒤 먼저 휴지로 닦아내서 세제 사용을 줄인다.

종 이

13. 신문 안에 있는 광고지는 작은 상자를 만들어 식탁의 과자통이나 생선 가시를
    바르는 작은 쓰레기통으로 활용한다.

14. 상자를 접어 이웃에게 한 달에 한번씩 30개 이상을 전해 준다.

15. 집에서 쓰는 물건이나 선물은 포장하지 않는다.

16. 한 번 받았던 카드를 다시 그 사람에게 보낸다. 간직해 준 정성을 고마워한다.

17. 광고지를 사용해서 카드를 만든다.

18. 아이들의 공책은 재생지로 만든 것을 사도록 권한다.

쇼 핑

19. 시장에 갈 때, 장바구니나 헝겊 바구니를 갖고 다닌다.
20. 깨끗한 비닐 봉지는 모아서 수선집이나 생선 가게에 가져다 준다.
21. 장기간 외출할 때, 개인용 컵은 갖고 다녀 종이컵 사용을 줄인다.
22. 외출 때, 비닐 봉지를 갖고 가서 산 물건을 담아 온다.
23. 나들이용 도시락을 쌀 때, 빈 우유통을 말려서 이용하고 일회용 물건을 쓰지 않는다.
24. 상자 안에 든 물건이나 과자는 그 상자를 두고 온다.

생활 의견

25. 화장실 변기 물통 안에 벽돌이나 쓰고 난 커피병을 두면 물이 절약된다.
26. 빛 바랜 옷은 가지나 콩 또는 먹물에다 소금이나 백반 한 스푼을 넣고 물을 들여 다시 입는다.
27. 작아서 못 입게 된 옷은 깨끗이 세탁하여 필요로 하는 곳에 갖다 준다.
28. 동물의 태반에서 추출된 화장품은 쓰지 않는다.
29. 방향제나 스프레이, 젤리를 쓰지 않는다.
30. 나무 젓가락을 모았다가 방학 때 공작품으로 활용하거나 튀김을 할 때 쓴다.
31. 홍차 티백이나 잎차 찌꺼기를 모았다가 화분의 거름으로 쓰거나 방향제로 쓴다.
32. 다 먹고 난 수박 껍질로 요리를 한다.
33. 된장과 고추장은 집에서 담는다.

34. 손수건을 가지고 다닌다. 휴지 사용을 줄일 수 있다.

35. 우리밀로 만든 밀가루를 사용한다.

36. 우리밀 빵과 과자를 애용한다.

37. 큰 쓰레기는 가위질로 조각 내어 버린다(쓰레기 부피를 줄인다)

38. 구두는 구두약 대신 콜드 마사지 크림으로 문질러 닦는다.

39. 가게에서 물건을 살 때는 반드시 먼저 사람이 다 살 때까지 기다렸다가 산다.

40. 전철에서 사람이 먼저 내린 후에 탄다.

소 금

41. 소금을 볶아서 갈아 두었다가 화학 조미료를 대신한다.

42. 볶은 소금으로 몸도 씻고 얼굴 피부에도 문지른 후 물로 헹군다.

43. 굵은 소금을 볶아서 치약 대용으로 쓴다.

전자 제품

44. 선풍기를 사용하지 않고 부채를 주로 쓴다.

45. 다리미는 늦은 시간이나 오전에 주로 이용한다.

46. 폐건전지를 모아 두었다가 수집하는 곳에 가져다준다.

47. 전화는 통화 대기를 사용하여 장시간 통화를 막는다.

48. 일회용 면도기는 사용을 피한다.

49. 사람이 없는 방이나 쓸데없는 전등불을 끈 아이들에게 칭찬을 해준다.

50. 쓰지 않는 플러그는 반드시 뽑아 둔다.

이야기가 담긴 어린이 간식 15가지

음식 재료들이 각자 제 맛을 고집한다면
음식은 맛이 나지 않는다.
파는 송송 다져지고 마늘은 으깨어지며
야채는 살짝 데쳐져야 양념맛이 제대로 난다.
가정도 요리와 같다.
가족이 한데 어우러지고 보듬어줄 때
'감칠맛 나는 가정'이란 요리로서
제 맛을 낼 수 있다.

콩나물밥
집집마다 콩나물 키우자

어릴 적 살던 부산 수정동의 집 뒤뜰은 온갖 신기한 것들이 모여 있는 넉넉한 보물 창고였다. 닭장이나 대추나무, 깨진 사금파리 조각을 박은 담과 함께 반짝이는 장독대를 아직도 잊지 못한다. 그 중에서도 나의 눈에 제일 먼저 띈 것은 밑바닥에 구멍이 숭숭 난 항아리였다. 저것을 어디에다 쓸까 하고 궁금해 하던 나의 의문은 어느 날 부뚜막에 있는 콩나물 시루를 보고 나서야 풀렸다.

그때부터 빽빽하게 올라오는 콩나물 줄기가 신기하여 어머니에게 콩나물을 키우자고 졸랐다. 물론 콩나물 시루에 물을 주는 일도 나의 즐거운 소일거리가 되었다. 외할머니는 콩나물을 한 움큼씩 뽑아서 요리를 해주셨다. 그 중에서도 양념장에 비벼먹던 콩나물밥은 잊을 수가 없다.

식물성 단백질인 콩은 동물성 단백질보다 질이 좋아서 먹으면 소화가 잘 되고 마음을 온순하게 하는 효과가 있단다. 주식이 육류인 서양인보다 동양인이 인내심이 많고 온순한 이유는 아마도 채식성 식습관 때문이 아닐까 생각한다. 집집마다 콩나물을 키워보는 것은 어떨까. 우선은 무공해여서 맘놓고 먹을 수 있을 것이고 아이들에게는 산교육이 될 것이며 집안에 생명이 파릇파릇 숨쉬고 있다는 느낌이 신선함을 줄 것 같다.

물에 불린 쌀을 밥솥 맨 아랫 부분에 두 공기쯤 깔고 그 위에 1센티미터 크기로 썬 돼지고기 삼겹살을 얹는다. 그리고 깨끗이 씻어 둔 콩나물을 한 공기 가량 덮는다. 물은 평소 밥 할 때의 절반 정도만 부어야 질지 않고 고실고실하다.

밥이 끓고 있는 도중에 뚜껑을 열면 콩나물 비린내가 나므로 각별히 유의한다. 고기를 섞지 않고 밥만 먹어도 담백한 밥맛을 느낄 수 있다. 이유식을 하는 어린이에게도 밥이 부드럽고 기름져 콩나물을 슬쩍 숟가락 위에 곁들여 주면 거절하지 않고 잘 먹는다.

양념장으로는 간장이나 추자젓, 멸치젓국물에 약간 물을 타고 참기름, 깨소금, 가늘게 다진 파를 곁들이고 후추를 살짝, 그리고 고추가루는 아이가 원할 때 조금 넣으면 입맛을 돋군다.

고구마는 일등 간식

내가 자랄 때 간식이라 하면 주로 옥수수, 감자, 고구마 등이었다. 호빵은 한참 나중에 등장한 고급 간식이다. 어머니는 고구마로 여러 가지 간식을 즐겨 만들어 주었다.

가족들이 고구마를 특히 좋아한 덕분에 우리집은 된장찌게에도 고구마를 썰어 넣고 국을 끓여 냈다. 학창 시절에는 잘게 썬 고구마를 기름에 튀겨 먹었고 찐고구마를 쫀득하게 말려 공부하면서 씹어 먹거나 생고구마를 통째로 깍아먹기도 했다.

나는 찐고구마를 김치에 얹어 먹거나 동치미 국물을 곁들여 먹으며 '역시 고구마가 최고'라고 우겼는데 지금 아이들에게 고구마는 천덕꾸러기 간식이 되고 말았다.

나는 아이들에게 색다른 고구마 요리를 담아 내놓기를 즐긴다.

노른노른하게 고구마전을 부치면 고개를 돌리던 아이들이 달려들고, 고구마를 으깨, 돼지고기에 버무린 비빔고구마는 아이들의 훌륭한 한끼 식사가 되기도 한다. 우리집 아이들에게 고구마는 안성맞춤인 신토불이 간식이다.

갈아 놓은 돼지고기에 불고기 양념을 한다. 그것을 살짝 냄비에 볶고 고구마는 푹 삶은 다음 뜨거울 때 곱게 으깬다. 이 때 아이의 입맛에 맞추어 고구마를 으깬 것에 잘게 썬 당근이나 볶아 놓은 돼지고기를 함께 버무린 다음, 접시에 먹기 좋게 담아낸다. 수저로 떠서 먹는 간단한 영양 간식이 된다.

비빔 고구마를 하고 남은 고구마와 돼지고기는 밀가루에 굴리고 계란 옷을 입혀 꼬마전처럼 모양을 내어 뜨거운 프라이팬에 부친다. 모양은 일반 전처럼 보이지만 맛은 훨씬 구수하다. 고구마와 고기가 함께 어우러진 맛이 일품이다.

재료
적당량의 고구마
갈아놓은 돼지고기 약간
갖은 양념

시레기로 주먹밥 만들면

요즘은 사시사철 갖가지 종류의 나물이 풍성하지만 내가 어렸을 때에는 김장 때 얻어 놓은 무 잎을 말려 시레기를 만들어 두었다가 한겨울 야채를 대신했다.

말려 놓은 나물은 한방의 약재 만큼이나 풍부한 영양소를 가지고 있어 가난하여 못 먹던 시절의 겨울을 나는데 더할나위 없이 훌륭한 영양식이었다. 그 중에도 파아란 무 잎은 햇볕과 공기를 충분히 함유하고 있어 순수한 무공해 음식이다.

외할머니는 노상 시레기국을 '쓰레기국'이라고 하면서 '쓰레기 넣고 칼치를 지지면 끝내주게 맛좋은 음식'이라고 했기에 나는 시레기를 결혼해서까지 쓰레기라고 하여 아이들의 놀림감이 되고 말았다.

옛부터 흙에서 나는 것 중에 몸에 나쁜 음식은 없다고 한다. 한창 성장하는 어린 아이를 생각하여 다양한 나물을 조리하려고 노력하는 편이지만 시레기는 국을 끓이거나 무쳐도 아이들의 관심권에서 벗어나기 일쑤다. 나에겐 둘도 없이 구수했던 시레기가 요즘 아이들의 입맛엔 그저 쌉쌀하게만 느껴지나 보다.

그래서 생각해 낸 것이 시레기를 이용한 주먹밥이다. 시레기 이외에

도 제철에 나는 나물을 이용해서 찹쌀주먹밥을 만들면 놀러갈 때 싸 가
지고 갈 수 있어 좋고 아이들에겐 변화 있는 식단이 될 것이다.

만드는 법

쌀과 찹쌀(잡곡)을 미리 씻어 물에 담궈 놓았다가 반 티스푼의 소금으
로 간을 하여 밥을 한다. 다된 밥을 굳기 전에 넓은 그릇에 퍼두고 식힌
다. 시레기는 갖은 양념을 하고 볶다가 식으면 도마에 놓고 잘게 썬다.

잘게 썬 시레기를 밥과 함께 비빈다.

이 때 볶아 둔 검은깨를 뿌린다. 샴페인 잔에 랩을 깔고 꽃모양의 당근
조각을 잔 밑바닥에 깐다. 그리고 잔에 시레기와 함께 비빈 찰밥을 꼭 눌
러 담으면 붉은 꽃을 이고 있는 예쁜 주먹밥이 탄생한다. 놀러갈 때는 랩
에 싼 그대로 들고 먹으면 된다.

도시락 반찬은 '정성'이 최고

여고시절, 소풍을 가는 날이면 어머니는 늘 김밥 대신 유부밥이나 계란말이밥를 싸주셨다. 내가 김밥을 좋아하지 않았기 때문이다.

김밥 대신 싸준 계란말이밥은 아이들의 잦은 손길로 금세 동이 나곤 했다. 도시락의 음식 솜씨로 인해 어머니는 나보다 더 친구들에게 인기가 좋았다.

옛시절을 추억하는 재미와 계란의 단백한 맛이 좋아서 나도 우리 아이들에게 계란말이밥을 자주 해준다. 어머니 어깨 너머로 배운 계란말이밥은 어느새 아이들로부터 사랑받는 음식 중의 하나가 되었다.

계란요리는 만들기도 간편할 뿐더러 보기에도 좋고 맛 역시 단백하여 아이들의 도시락 단골메뉴이다. 다행히 우리 아이들은 나를 닮아서인지 김밥보다는 계란말이밥이 더 맛있단다.

계란말이밥을 하는 날은 넉넉하게 싸준다. 짝꿍과도 하나씩 나눠먹고 선생님께도 몇 개 갖다드리라는 뜻이다.

계란말이밥에는 특별한 반찬이 필요없다. 그저 김치나 오이지처럼 단백한 밑반찬을 살짝 곁들이면 된다. 아침에 갑자기 예정없던 약속이 생겨 몹시 바쁜 날엔 시간을 많이 절약할 수 있어 좋다.

계란 3개를 그릇에다 풀어서 약간의 소금간을 하면서 뭉치지 않도록 골고루 젓는다.

프라이팬이 따끈하게 데워지면 계란을 붓는다. 한꺼번에 붓고 잘라 써도 되지만 한 수저씩 떠서 부치면 편하다.

계란이 눋지 않게 불조정을 하는 일이 제일 중요하다. 팬이 너무나 뜨거울 때는 계란이 쪼글해져서 밥을 적당히 말을 수 없다. 또 팬이 덜 달궈지면 계란이 덜 익고 팬에 붙어 밥이 잘 말리지 않게 된다.

눈으로 봐서 계란이 익어갈 때 밥을 수저나 젓가락으로 떠서 계란 위에 올리고 말면서 마저 붙이면 된다.

슬쩍 데쳐낸 시금치나 까만 김으로 계란밥의 허리띠를 둘러주면 더욱 입맛을 돋군다. 접시에는 동그랗게 원처럼 담고 가운데 부분에 밑반찬을 넣으면 먹음직하다.

배앓이 할 때 수박요리를

여름이면 배앓이를 하는 아이들을 자주 본다. 차가운 음료수나 꽁꽁 얼린 과자를 많이 먹기 때문이다. 이렇게 찬 것을 좋아하는 아이들에게는 수박 요리가 제격이다. 수박은 그 빛깔하며 생긴 모습이 여름 과일 중에서도 으뜸이지만 누구도 요리로 활용할 생각은 못한다. 나도 작으나마 환경운동을 실천에 옮겨봐야겠다고 생각하고 나서야 비로소 수박이 눈에 들어왔다.

그러나 쓰레기를 덜 버린다는 생각에서만 수박요리를 즐겨 하는 것은 아니다. 수박껍질에는 자라나는 어린이들에게 도움이 되는 많은 영양소가 함유되어 있다.

수박에는 포도당과 과당이 많이 들어 있어 피로회복에 좋다. 또 이뇨성분이 함유되어 있어 방광염과 요도염에 염증을 없애고 열을 내리게 한다. 먹고 난 껍질 안쪽 부분을 피부에 문지르면 땀띠가 사라지고 살결도 깨끗해진다니 일석삼조도 이만저만이 아니다.

수박의 껍질은 통째로 이용하여 멋진 과일 접시로도 쓸 수 있다. 동물 모양의 색종이를 접어 일회용 숟가락에 꽂아 장식하면 밥먹기 싫어하고 편식하는 아이에게는 그만이다.

만드는 법

수박의 붉은 부분과 껍질을 깎아내고 다듬는다.

나중에 그릇으로 사용할 수박은 남겨두고 다듬은 수박껍질은 잘 씻은 다음 짜지 않도록 소금을 뿌려 잠시 둔다.

씻어 놓은 찹쌀에 소금 간을 하여 찹쌀밥을 한다. 다른 콩이 있다면 함께 넣어도 좋다.

밥이 되는 사이 수박에 물이 고이면 꽉 짜내어 채를 썬다. 꼭 짠 수박채는 갖은 양념에 나물로 무친다. 이 때 계란채와 파를 섞으면 식욕을 돋군다.

다 된 찹쌀밥을 수박 껍질 접시 위에다 알맞게 담는다. 그 위에 수박나물을 놓고 슬쩍 기름에 볶은 당근도 함께 올린다.

국물로는 멸치국물을 우려 사용한다. 차가운 멸치국물에 계란 지단채를 뿌려 놓으면 따뜻한 비빔밥과 잘 어우러져 배탈을 막을 수 있다.

무쇠고기죽

감기엔 무요리를

나는 곡식중엔 팥을, 채소 중엔 무와 파를 제일 좋아한다. 시장에 가면 일단 무부터 사야 마음이 편하다. 무가 몸에 이롭다는 걸 체험으로 알고 있는 우리집 냉장고에는 무가 떨어지는 법이 없다.

아이가 이유식을 마치고 질죽한 밥을 먹을 시기엔 무를 넣은 죽을 끓여 주었다. 감기에 시달리던 둘째 아이가 무를 채쳐서 죽과 함께 끓여 먹인 후 얼굴빛이 표가 나게 나아진 경험을 한 후부터이다. 지금도 나는 심심찮게 무로 죽을 쑨다.

무에는 칼슘과 비타민 E가 풍부하고 소화 효소제가 들어 있어 위장을 튼튼하게 해준다. 특히 아이들이 많이 먹어도 탈이 없는 음식이다.

외할머니 손맛에 비하면 형편없지만 기억 속의 음식맛을 흉내내는 날이면 뒤안에서 무를 꺼내오시던 할머니가 절실히 그리워진다.

만드는 법

찹쌀과 쌀을 두어 시간 전에 씻어 물에 불려둔다. 야채는 기계에 갈지 말고 모두 칼로 잘게 썬다. 시금치는 손마디 크기로 자른다.

냄비에 참기름을 두른 후 물을 뺀 쌀과 쇠고기 간 것, 무를 냄비에다

함께 넣고 천천히 볶는다. 노른해지면 물을 10배 이상 넉넉히 붓고 끓인다. 5분 정도 팔팔 끓을 때 썰어 둔 당근과 양파를 넣고 불을 줄이고 은근히 끓인다. 쌀이 익으면서 퍼지기 시작하면 주걱으로 저어가며 익힌다.

죽이 걸죽하게 되면 시금치를 넣고 숨만 살짝 죽을 정도로 끓인다. 가볍게 젓기만 해도 시금치는 무르기 때문에 오래 끓이지 않도록 유의한다. 시금치를 싱싱하게 먹으려면 죽이 끓을 때 넣고 1~2분 있다가 불을 꺼 두면 죽 속에서 저절로 익게 된다.

다 된 쇠고기 죽은 살색을 띠면서 당근빛과 푸른 시금치 색이 어우러져 아기들의 입맛을 돋구는 훌륭한 이유식이 된다. 먹을 때 간장이나 소금 등 아이의 구미에 맞는 양념으로 간한다.

닭죽

닭과 찹쌀은 찰떡 궁합

결혼전까지 닭죽을 먹어본 적이 없던 나는 시댁에서 전통으로 내려오는 닭강정과 닭죽 덕에 자연스럽게 닭요리에 익숙해졌다. 특히 남편은 푹 삶은 닭에다 마늘을 넣고 끓인 닭죽을 땀을 흘리며 먹는 열성을 보여주어서 가족들이 기운이 없다 싶으면 서둘러 닭죽을 쑨다.

남편은 닭죽에 풋고추 다데기를 넣어 먹으면 간밤의 취기가 가신다며 훌훌 맛있는 소리로 먹곤 한다. 대신 아이들의 닭죽에는 비스켓을 곁들여 줄 때가 있다. 비스켓의 바삭이는 맛과 어우러져 아이들의 그릇은 금세 바닥을 드러낸다.

남편만 닭죽을 좋아하는 것은 아니다. 세 아이가 자랄 때 녀석들은 뜨거운 닭죽을 넙죽넙죽 잘도 받아 먹었다. 어린 아이들의 입맛은 순수하다더니 닭과 찹쌀의 궁합을 어느새 눈치챘는가 보다.

엄마에게서 젖을 막 떼려는 어린 아이에게 닭죽은 고급 영양식이다. 또 기고, 앉고, 온몸에 중심을 잡느라 진땀을 흘리는 아이의 기력을 돋구는 데는 찹쌀 음식이 최고다. 아이들이 우유로 설사를 하는 날에 찹쌀죽은 약제와 같은 역할을 했다. 찹쌀밥을 산모가 꾸준히 먹을 경우 피부가 고와지고 젖이 잘 나온다니 찹쌀 한줌으로 얻는 게 솔솔찮다.

찹쌀과 쌀은 미리 씻어 불려둔다. 닭은 깨끗이 씻은 다음 배 안에 마늘을
한주먹 집어넣는다. 딱딱한 냄비에 닭을 넣고 6배 가량의 물을 넣어 살고
기가 흐물흐물해 질 때까지 3시간 이상 끓인다.
물이 끓기 시작할 무렵의
30분 가량은 냄비 뚜껑을

재료
중간 크기의 닭
마늘 한 주먹 정도
찹쌀과 쌀 각각 물컵으로 하나
양파 반쪽, 짭짤한 비스켓

열어둔 채 센불에서 끓이다
점점 불을 작게 해서 끓인다.

뽀얗게 우러난 닭국물에 양파 반쪽을 까서 넣고 함께 끓이면 닭의 냄
새가 가셔질 뿐만 아니라 향긋한 맛도 난다.

닭을 삶아서 생긴 닭국물을 쌀의 10배 분량 정도 다른 냄비에 담고 끓
인다. 이 때 물러진 닭고기를 섞은 다음 국물이 끓고 있을 때 미리 씻어
둔 찹쌀과 쌀을 넣고 주걱으로 저어가며 끓인다. 쌀은 한 주먹 분량이라
적은 듯 보여도 다 익고 나면 놀라울 정도로 불기 때문에 너무 많이 넣지
않도록 주의한다. 반드시 주걱으로 저어야 바닥에 쌀이 눌지 않고 죽이
골고루 잘퍼진다. 어른에겐 다데기를 아이들은 소금과 후추로 맛을 낸다.

소풍 땐 우유팩에 주먹밥 담아

재료
찹쌀 4분의 1되, 까만깨 볶은 것 약간,
신김치나 오이짱아찌(혹은 북어채)
소금과 참기름 약간

어머니를 떠올리면 생각나는 음식이 또 하나 있다.

반찬이 시원찮다고 불평할 때면 어머니는 종종 어려웠던 6·25를 회상하시며 가난했던 애기들을 들려주셨다. 어머니의 애기속에 등장한 음식은 여러 가지가 있지만 어린 나에게 그나마 괜찮아 보였던 음식이 주먹밥이다.

그 때 나는 어머니의 진지한 애기를 들으면서 아득히 먼 옛날 삿갓 쓴 선비들이 과거길에 싸갔을 주먹밥을 떠올리곤 했다.

주먹밥은 간편하여 만들기 쉽고 반찬이 필요 없기 때문에 찬이 마땅찮은 날은 어머니와 주먹만한 밥을 뭉쳐 심심찮게 한끼를 떼웠다.

나는 지금도 툭하면 찰밥으로 주먹밥을 만든다. 아이들과 둘러앉아 주먹밥을 빚는 날이면 어머니가 가르쳐 준 절약과 검소를 생색내지 않고 가르쳐줄 수 있어서이다.

처음엔 "먹을 게 없으면 라면이라도 끓여 먹었으면 됐을텐데?"라고 핀잔을 하던 아이들이 이젠 제법 철이 들어 물건 소중한 걸 알아가니 그것 또한 나의 작은 기쁨이 되었다.

주먹밥을 도시락으로 쌀 때 빈 우유팩을 이용한다.

다 쓴 우유팩도 재활용하고 다 먹고 난 후에는 빈 도시락을 다시 들고 오지 않아서 편리하다.

나의 주먹밥 속에는 나만의 비법으로 색다른 음식들을 넣어두는데 뭐가 들었을까 하는 궁금증이 제법 맛을 더한다.

나는 까만깨를 볶아놓고 주먹밥이나 유부밥, 비빔밥을 하여 멋을 부리고 싶을 때 꺼내 쓴다. 까만깨는 몸에도 좋고 뿌려놓으면 음식도 멋쟁이로 둔갑한다.

만드는 법

찹쌀을 씻어 불린 후 소금을 넣어 간을 하여 찰밥을 한다. 찰밥은 퍼서 식힌 후 사용한다. 주먹밥 속으로 사용할 신김치를 물에 씻어 꼭 짠 다음 잘게 썰어 놓는다. 혹은 북어포 무침도 좋다.

손에 약간의 물을 바르고 한 입에 먹을 수 있을 만큼의 크기로 주먹밥을 빚는다. 주먹밥 속에는 이미 마련해 놓은 김치볶음을 넣는다. 주먹밥 겉에 까만깨를 슬쩍 뿌리면 요리가 완성된다.

여기에 오이나 파아슬리를 살짝 곁들이면 입맛을 당긴다.

팥콩죽
이유식도 신토불이가 좋다

내가 제일로 좋아하는 곡식은 팥이다. 아버지의 기분이 저기압으로 떨어지는 날이면 어머니는 서둘러 팥밥을 했다. 금새 얼굴이 환해지며 몇 그릇을 뚝딱 비우시던 아버지 때문에 나 역시 팥을 좋아하게 되었다.

또 첫아이를 낳고 얼굴이 부석부석 부어오르고 온몸이 뻐근할 때 어머니가 팥을 권해주셨는데 신기하게도 몸에서 붓기가 빠져나가고 건강을 회복했다.

그것뿐이 아니다. 한번은 막내가 배앓이를 심하게 하여 팥 삶은 물에 소금을 타서 따뜻하게 떠 먹였더니 감쪽 같이 나았다. 이래 저래 팥에 대한 나의 애정은 남달라서 툭하면 팥으로 뭘 만들까 궁리를 한다.

팥은 막 우유를 뗀 아이들이 쉽게 걸리는 변비에도 특효약이다. 또 이뇨 효과가 뛰어나 심장병, 신장병, 각기병 등에 약재로 쓰인다. 잠이 부족하거나 입맛을 잃은 아이들에게 팥은 보약과 같아서 우리 아이들에게도 자주 해주는 편인데 팥맛에 반한 아이들은 자주 팥밥과 단팥죽을 끓여달라 조른다.

나는 귀찮아 못살겠다고 투정을 하면서도, 내가 바로 이 귀찮은 일을 하기 위해 태어났다고 여기고 스스로 마음을 달랜다.

냄비에다 울타리콩을 삶다가 반쯤 여물어지면 팥을 넣어 함께 끓인다. 이 때 물은 콩의 20배 가량으로 가득 부어준다. 40분 동안 유순한 불에 천천히 콩팥이 무르도록 끓인다. 보통 호박죽을 만들 때 쓰는 호박을 어슷 썰어서 호박의 3배 가량의 물을 붓고 끓인다.

호박이 물렁하게 익으면 이미 다 삶아진 콩팥의 냄비에다 함께 섞으며 끓인다. 찹쌀 새알을 넣고 여린 불에 끓이다가 찹쌀가루를 천천히 휘저으며 넣는다. 누런 설탕으로 약간 간을 맞춰도 되지만 안해도 구수하고 팥이 물렁하게 씹히는 맛이 일품이다.

아이들이 특별한 입맛으로 굳어지기 전인 이유식 단계에서 영양이 풍부한 콩이나 팥에 맛을 들이기 위해 특별히 팥을 많이 넣는다. 콩, 팥이 호박과 비율이 반반이라 다 된 죽의 색깔도 팥죽 쪽에 가깝다.

팥죽을 끓일 때 야채를 다져서 함께 넣어도 좋다. 나는 시금치를 얼기설기 넣고, 홍당무를 가늘게 썰어 넣고 끓이는데 팥죽만을 떠먹는 맛과는 꽤 차이가 있다.

비지볶음
콩은 요술 부리는 마술쟁이

요즘 아이들은 부쩍 편식이 심하다. 된장이며 고추장은 물론이고 밥에 든 콩까지 하나씩 집어내는 것을 보면 늙어서 손자 녀석과 한 밥상에서 어떻게 밥을 먹을까가 걱정이다.

그러나 이유식을 끊고 밥을 먹기 시작하는 아이는 식욕이 왕성한 때라 약간의 정성만 기울인다면 편식을 쉽게 막을 수 있다. 그래서 나는 아이가 이유식을 시작할 때부터 콩을 이용한 음식을 해주려고 노력했다. 콩만큼 구하기 쉽고 영양소가 풍부한 것도 흔치 않으니 그 좋은 걸 놓칠 수가 없다. 내 계산은 맞아 떨어져서 이제 아이들은 슴슴한 맛과 고소한 맛이 어우러져 있는 콩요리들을 좋아하게 되었다.

나는 처음엔 콩을 못 먹는 아이들에게는 "콩으로 만든 음식을 먹으면 세상에서 제일 예쁜 아이가 된단다" "콩은 요술쟁이란다. 이걸 먹으면 눈이 반짝이고 마음이 착해지거든" 하면서 자연스럽게 먹게끔 유도했다.

만드는 법

먼저 불린 콩을 물에 씻는 동안에 콩껍질을 벗겨낸다. 깨끗이 벗겨진 콩을 가루가 되도록 믹서에 갈아 둔다. 매운 김치는 물에 씻어내어 꼭 짜서 종종 잘게 썰고 양파를 가늘게 썬다. 당근 간 것과 김치와 양파를 함께 갖은 양념을 하여 소금으로 간하여 무친다.

불에 담군 냄비에 식용유를 한 수저 붓고 양념을 한 김치, 양파, 당근을 볶는다. 거의 다 익어질 때 갈아놓은 콩을 붓고 불을 다소 줄여서 서서히 익힌다. 콩비지가 거의 다 익어 갈 때 마늘을 반 수저 넣고 소금으로 간을 한다. 익으면 저으면서 파를 숭숭 썰어 넣고 불을 끈다.

찰떡과 감자가 어우러지면

나는 콩고물에 묻힌 떡보다 하얗게 윤이 나는 찰떡을 더 좋아한다. 설날이면 길게 늘여뺀 찰떡을 양손에 들고 다니며 끊어 먹었다.

우리집에서 빼놓을 수 없는 독특한 음식이 있다면 그것은 찰떡을 넣어 끓인 미역국이다. 어머니는 명절 날이나 생일날이면 고기 대신 찰떡이 숨어 있는 미역국을 밥상에 올려 주었다.

어머니는 찹쌀은 예로부터 병고를 쫓는 귀한 음식이라며 일 년 내내 건강하게 자라라고, 새해가 되면 찹쌀떡 미역국을 끓여주었다.

나는 미역 사이로 숨은 쫄깃쫄깃한 찹쌀떡을 건져 먹는 맛에 "한그릇 더!"를 외치곤 했다.

어머니의 찰떡국을 잊을 수 없어 나 나름의 음식을 개발하다 찰떡에 감자를 넣어 먹는 찰떡감자국을 만들어냈다.

미역은 흐물거려 씹히는 맛이 없었는데 찰떡감자국은 씹는 맛과 건져 먹는 맛이 일품이다.

찰떡 감자국을 끓일 때 나는 추자젓국으로 간을 한다. 되도록 화학 조미료를 쓰지 않고 옛날 그대로의 맛을 내보려고 하는 것이 세월이 흘러도 변하지 않는 내 원칙이다.

불에 달군 냄비에 식용유를 넉넉하게 두르고 납짝하게 썬 감자를 냄비에 담는다. 감자에 기름이 골고루 흡수되면 바닥에 붙지 않도록 감자를 볶다가 물을 살짝 붓고 썬 양파를 함께 넣는다. 노오란 감자물이 우러나올 때까지 끓인 뒤 물을 한 대접 반 붓는다.

재료
찰떡 1쪽, 감자 한 개
양파 4분의 1쪽
마늘, 파, 후추, 식용유 조금
소금 한 티스푼

감자국이 끓을 때 다진 마늘을 넣고 소금으로 간을 한다. 감자가 무르게 될 때까지 끓인 다음 불을 끄고 길게 썬 파를 넣고 후추가루를 뿌린다.
감자국이 뜨거울 때 찰떡 한 개를 4분의 1등분 하여 띄우면 어느 정도 떡이 먹기 좋게 녹아서 감자랑 건져먹는 재미가 난다.

향기 나는 과일 요리

아이가 젖을 떼고 서서히 내 품에서 물러서기 시작할 때처럼 안쓰럽고 섭섭한 적이 없다. 처음엔 아기와 내가 한몸이었다. 젖이 붓기 시작하면 아기도 배가 고팠다. 탱탱하게 젖이 불어 가슴의 모든 핏줄이 땡겨 아파 올 때 아기가 젖을 빨면 나는 이내 시원해지고 동시에 아기는 배가 불러 오는 신비감으로 우리는 한몸이었다.

그러나 아기가 에미의 품에서 젖을 떼고 차츰 독립하게 될 즘부터는 활동량이 많아지므로 발육에 신경을 기울여야 할 시기이다.

아기가 젖을 떼고 처음 먹는 음식은 정성이 깃들어야 함은 물론 부드럽고 맛이 있어야 한다. 슈퍼에 일렬로 줄지어 선 인스턴트 이유식은 편리하기는 하지만 무엇보다 정성이 빠져 있다.

아기는 엄마가 만들어 주는 음식맛을 혀에 익혀 두었다가 그 맛과 함께 기쁨을 받아 먹는다. 아기와 마주 앉아 음식물을 떠 넣어주는 시간은 그래서 매우 중요하다. 아기는 표현은 못하지만 엄마의 모습을 무의식적으로 가슴에 담아두기 때문이다. 엄마가 음식을 만들면서 귀찮아 하거나 짜증을 부리면 아기 역시 짜증을 내고 음식 먹을 때 칭얼대며 보챈다.

제철에 나는 과일을 이용하여 부드러운 이유식을 만들면 좋다. 수박은 아이들이 배앓이를 하기 쉬운 여름철에 더없이 좋은 재료이다.

만드는 법

수박 껍질에 붙은 빨간 수박을 없앤다. 또 겉에 딱딱한 껍질도 깎아버리면 연두빛의 벽만 남는다. 크기는 아무래도 상관없다. 준비한 양파나 당근, 무를 중간냄비에 물을 거의 채우고 모두 넣고 끓인다. 끓은 뒤에 불조정을 연하게 하여 40~50분 가량 더 끓여두면 연한 연두빛의 야채 국물로 변한다. 양파 반 개를 넣어서 단맛이 깊은 국물로 울겨진다. 야채 건더기는 건져내어 0.5센티미터로 썰어둔다.

하루 전에 물에 담궈 둔 쌀을 씻어 물기를 뺀다. 새 냄비에다 쌀과 함께 들기름 한 숟가락을 넣고 잘게 썬 수박, 양파, 무, 당근을 넣고 5분 가량 볶은 다음에 야채국물을 냄비 가득 붓는다. 끓고 나면 불조정을 하여 50분 이상 끓인다. 죽이 끓는 중간에 나무 수저로 저어가며 걸죽해질 때까지 젓는다.

떠서 먹일 때에는 간을 맞추지 않아도 고소하다. 접시에 따로 떠서 수저 뒷면으로 수박이나 야채를 으깨가며 아기에게 먹인다.

사과야채팥밥

하나 된 '곡식과 야채와 과일'

재료
팥 3분의 1컵
물에 담근 쌀 한 컵
소금 한 스푼

아이들이 자라는 동안을 통틀어 가장 예쁠 때가 세 살 때다. 밥수저도 혼자 쥐겠다고 기를 쓰고 엄마의 꽁무니에 붙어 어디든 따라갈 수 있는 걸음에 자신이 붙을 때가 바로 이 때이다. 이 때처럼 식욕이 왕성할 때가 있을까, 고기를 다져 주어도 잘 먹고 야채를 삶아주거나 튀겨주어도 넙죽 넙죽 받아 넘긴다. 그러나 이 시기에 한 번 비위에 거슬린 음식이 있다면 아이는 오랫동안 그 음식을 거절한다. 편식이 시작되는 것이다.

나는 계절마다 제철 과일을 이용하여 아이들이 편식을 고쳐주려고 노력했다. 수박이 풍성한 여름철엔 수박껍질을 버리지 않고 이용하고 사과가 많이 나는 때가 되면 사과요리를 식탁에 올린다.

사과야채팥밥이 그중 하나이다. 여러 가지 야채와 사과, 팥까지 가미된 사과야채팥밥은 다양한 영양소를 듬뿍 함유하고 있고 팥이 아이들의 입맛을 돋구어줘 입맛을 잃은 아이들에게 권해볼 만한 음식이다.

특히 사과팥밥은 가끔씩 놀러오는 조카들에게 자주 해먹였다. 앞니 한두 개가 솟은 입을 크게 벌리고 음식을 받아먹던 조카는 이제 어엿한 숙녀티가 나는 여학생이 되어 사과팥밥을 해달라고 조른다.

이처럼 아기가 향기로운 과일의 맛을 기억하는 동안은 엄마 또한 향기나는 엄마로 기억할 것이다.

만드는 법

냄비에다 팥의 10배 분량의 물을 붓고 팥을 삶는다. 50분 이상 삶으면 팥이 물러진다. 다른 밥솥에 쌀을 담고 야채죽을 끓이기 위해 미리 푹 무르게 삶아 놓은 수박과 당근 등을 잘게 썰어 밥솥에 넣는다.

팥물로 물을 대신하고 소금을 한 티스푼 넣고 먹다 남은 사과 한쪽을 듬성듬성 썰어 밥물 위에 얹는다.

20분 만에 밥이 된다. 야채 팥밥에는 사과 향기가 쏙 배어 있어 그냥 먹어도 입에 감칠맛이 돈다.

연어육전

먹는 모습이 보고 싶다면

내가 팥을 좋아하는 아버지의 딸인 것처럼 딸 아이는 생선을 좋아하는 남편의 딸이다. 특히 연어로 만든 모든 요리를 좋아한다. 남편은 연어의 뼈까지 홀딱 씹어먹는가 하면 딸아이는 접시를 핥는다.

연어는 이름 그대로 연한 생선이다.

아이가 세 살 이상이 되면 젖니가 훌륭하게 다 자라고, 칼슘이 절실히 필요해지는 때라 연어 등 생선의 살코기를 칼로 저며 쇠고기 간 것과 함께 양념하여 육전을 붙인다. 밥반찬으로도 좋지만 아주 연하고 부드러워서 간식으로도 훌륭하다.

연어를 좋아하는 우리 아이들은 특히 연어전을 붙일 때면 주변에서 서성거리기를 좋아한다. 따뜻하게 부쳐진 연어전 하나를 후딱 입으로 집어넣고는 뜨겁다고 발을 동동 구르는 모습이 귀엽기만 하다.

아이들은 재잘대는 한 마리 종달새다. 나는 그런 시간을 놓치지 않고 대화를 한다. 부엌은 아이들만의 세상속으로 들어갈 수 있는 훌륭한 간이역이다. 친구와 다투고 상했던 마음도 살포시 털어 놓고 언젠가 길가에 휴지를 그냥 버렸다는 뉘우침도 술술 나온다. 나는 아이들이 반듯한 철길을 따라 갈 수 있도록 도와주는 훌륭한 역장이고 싶다.

연어를 토막내어 소금을 한 시간 이상 슬쩍 뿌려 두었다가 껍질을 벗기고 뼈를 발라낸다. 붉은 살만 골라내어 쇠고기 간 것 반 공기와 섞는다. 거기에다 참기름, 깨소금, 후추, 마늘을 햄버거 만들 때의 배율로 넣어준다. 이때 설탕을 조금 넣으면 맛 배합이 골고루 된다. 섞은 재료를 송편만한 크기로 빚는다.

빚은 연어육전을 밀가루에 굴리고 달걀로 옷을 입힌 후 프라이팬에 부쳐낸다. 달걀이 바닥으로 흐르지 않게 하려면 불 조정이 중요하고, 다시 한두 번 살짝 뒤집어 줘야 모양이 예쁘다.

연어는 미리 한꺼번에 손질해 두었다가 먹을 때마다 조금씩 요리해 먹으면 간단하다. 장식은 엄마의 정성과 사랑에 맡긴다.

재료

연어 한 마리, 쇠고기 간 것
갖은 양념, 누런 설탕 반 스푼
달걀 2개, 밀가루 반 스푼
식용유 약간, 마늘

토요일은 쿠키 굽는 날

쿠키를 만드는 토요일이 되면 학교에서 일찍 돌아온 아이들과 둘러 앉아 밀렸던 애기를 나눈다. 이 시간은 오랜만에 가족 모두가 마주앉아 서로 쌓였던 오해를 풀 수 있는 화해의 마당이 된다.

밀가루 반죽을 하면서 낄낄대는 막내 녀석, 예쁜 인형을 만들어 선생님께 갖다드린다는 딸아이, "지금 먹어보면 안돼? 빨리 먹자"며 익기도 전에 엉덩이가 들썩거리며 법석을 떠는 아이들 모습은 수선스러우면서도

270

정겨워 나의 가슴은 행복으로 꽉 찬다.

게다가 재료가 쌀겨라는 데 모든 호기심이 쏠려 있다. 과연 쌀겨로 맛나는 쿠키를 만들 수 있을까 하고 가슴 조이며 별러보는 시간이다.

쌀겨로 만든 과자는 굳이 영양제가 필요 없다. 처음에는 단맛에 길들여진 혀 때문에 좀 텁텁하다던 애들도 몇번 먹어본 후로는 구수하고 독특하여 사먹는 것보다 훨씬 좋다고 즐거워한다.

술드신 아빠의 비뚤어진 얼굴, 아이들의 화난 얼굴, 뿔난 도깨비, 로보트, 해바라기, 오리와 강아지 등 다양하게 구워진 쿠키를 예쁘게 싸서 선생님이나 친구생일에 선물하면 무척 좋아한다.

쌀겨에는 비타민 A, E를 비롯해 B1, B6, 철분, 인, 미네랄 등 여러 가지 영양소가 함유되어 있다. 쌀겨를 정기적으로 복용하면 장의 작용이 좋아진다고 하니 지나친 영양이나 편식으로 변비가 되기 쉬운 어린이들에게는 안성맞춤이다. 또 엄마들에게는 기미나 주름살을 예방해주는 더없이 좋은 미용제이기도 하다.

언젠가 입이 한 자는 나온 딸에게 갖고 싶은 것이 있으면 말해보라고 한 적이 있다. 그러나 막상 딸아이가 갖고 싶은 목록을 나에게 내밀었을 때 나는 너무나 깜짝 놀랐다. 무슨 갖고 싶은 것이 그렇게도 많던지, 돈을 들여 사주면 금방 밝게 웃을 것 같은 딸아이를 보며 가슴이 답답했다. 그러나 무엇이든 돈으로 해결되는 세상이란 갑갑증이 완전히 사그러질 때가 있다면 바로 쿠키를 만드는 시간이다.

사먹는 것으로만 알고 있는 과자를 아이들과 함께 직접 만들어 먹는 시간을 갖는다면 아이들에게도 남다른 추억이 될 것이다. 가족의 따뜻한 사랑을 먹고 자란 어린이라면 그 사랑을 나누어 줄 수 있는 따뜻한 어른으로 성장하지 않을까.

넓다란 그릇에다 준비된 재료를 전부 붓고 버터는 녹여서 붓는다. 정성껏 반죽하여 30분간 놓아 둔다. 반죽된 재료는 방망이로 두께가 0.5센티미터 정도로 밀어 원하는 모양을 빚는다.

오븐에 섭씨 180도의 온도로 약 20분간 굽는다. 오븐이 없을 때에는 후라이팬에 은박지를 깔고 살짝 사라다 기름을 바르고 과자를 그 위에 올려 놓으면 늘어 붙지 않아 좋다. 뚜껑을 닫고 있다가 구수한 냄새가 나면 과자가 다 되어 간다는 신호이다. 완성된 쿠키는 두 배의 두께로 부풀어 노릇노릇한 색깔을 띤다. 모양 또한 예뻐서 냉큼 먹기 아까울 정도다.

나는 평소 때 흑설탕에 물을 충분히 붓고 40~50분 약한 불에 끓여 둔다. 간장처럼 진하고 걸죽해지면 병에 넣어 두었다가 과자나 생선 졸일 때 또는 불고기 양념을 할 때 설탕 대신 사용하면 맛이 좋다.